長編小説

未亡人嫁のしずく

霧原一輝

竹書房文庫

目次

※この作品は竹書房文庫のために
書き下ろされたものです。

第一章　息子の嫁は未亡人

1

田代祐一郎《たしろゆういちろう》がリビングの肘掛椅子でお茶を飲んでいると、二階で大輝《ひろき》を寝かしつけた慶子《けいこ》が一階に降りてきて、ロングソファに腰をおろした。

一周忌の法要に出た姿のままで、着物の喪服をつけている。

黒の着物というのは、美人が着るとどうしてこんなに色っぽいのだろう？

ノーメイクでうつむいて、お茶をすする喪服姿の慶子は、少し窶《やつ》れて顔色も悪い。

なのに、結いあげた黒髪の鬢《びん》のほつれや、白い半襟《えり》からのぞくほっそりした首すじを見ていると、この女を抱きしめて慰めたくなる。そんな気持ちを抑えて言った。

「大輝は寝たかね？」

「はい……しばらくは起きないと思います」

「そうか……今日はご苦労さま。申し訳ないな。息子が勝手に逝《い》ってしまって……」

「いえ……」

慶子が首を左右に振った。

すっきりと伸びた眉の下で、美しいアーモンド形を描く目が一瞬にして、涙ぐんだ。

ぎゅっと唇を嚙《か》んで、白いハンカチを取り出し、目頭に押し当てた。

「申し訳ない。孝介《こうすけ》を思いださせてしまったようだね」

「……お義父《とう》さまのやさしい言葉が胸に沁みて……すみません。余計な気づかいをさせてしまって……お茶を取り替えますね」

慶子が立ちあがって、センターテーブルに載っていた急須のお茶っ葉をキッチンで捨て、新しいお茶っ葉に替えて持ってきた。ポットを押して、お湯を急須に入れ、少し待ってから、祐一郎と自分の湯吞みに新しいお茶を注ぐ。

その左手の薬指には、いまだ結婚指輪が嵌《は》められたままだ。

息子の孝介と慶子は二年前に結婚し、我が家に同居して暮しはじめた。

祐一郎は五年前、五十歳のときに会社を辞めて、両親の残していったアパート『ハイツ田代』の管理人をしている。妻とは少し前に離婚していたが、それを除いて、我が家はおおむね幸せな家庭を築いていた。だが、まさかのことが起きた。

　一年前、孝介が心臓発作であっけなく逝ってしまったのだ。

　もともと心臓に持病を抱えてはいたが、時々具合が悪くなるくらいで、日常生活にはほとんど支障はなかった。

　だが、会社で働いているときに急性心筋梗塞を起こして、病院に運ばれたものの、手当ての甲斐なくあの世に召されてしまった。

　それは、にわかには信じられない現実だった。だが、受け入れなければいけない現実だった。

　祐一郎はひどく落ち込んだが、自分よりもさらに落ち込んだのは、息子の嫁の慶子だっただろう。

　当時、慶子は二十九歳だった。その若さで夫を亡くして、未亡人になるのは、それがまったく想像もしていなかった現実であるがゆえに、途轍《とてつ》もなく大変なことだっただろう。

　しかも、慶子はそのときすでに息子との子供を宿していた。

　お腹の子の行く末に悩んでいる慶子を見て、祐一郎は言った。

『産んで、家で育ててくれ。慶子さんもこの家にいてくれ。産まれてくる子供は田代家の子供なんだ。頼む』

その言葉で覚悟が決まったようで、

『この家に置いていただけるなんて、ありがたいです』

慶子がぎゅっと唇を噛んだ。

そして、三カ月前に慶子は男の子を産んで、大輝と名付けた。

今日も、一周忌の法要で、生後三カ月の乳呑み子をあやしている慶子の姿に、親戚の多くが涙を搾り取られていた。

祐一郎もそんな慶子を見て、この母子は自分が護《まも》ってやらなければいけない。それが自分の義務だと感じた。

「慶子さん……」

「はい……」

慶子が祐一郎を見た。鬢がほつれたその少し疲労の見える顔を、艶《なまめ》かしいと感じてしまう自分はとんでもない義父である。

「これからのことだが……」

一周忌が終わってから、慶子も自分と息子の身の振り方を考えると言っていた。いまだ、慶子は姻族関係終了届けを出していないので、まだ田代家の一員である。

だが、姻族関係終了届けはこちらの承諾は必要ないから、いつだって慶子は田代家と関係を切って、赤の他人になれるのだ。

「大輝が成人するまで、この家にいてくれないか？　生活費や大輝の学費は私が何とかするから」

祐一郎はずっと心に温めていたことを告げた。

「うれしいです、とても……でも、大輝が成人するまで、二十年もあります。その間、ずっとお義父さまに生活の面倒を見ていただくのは、気が引けます」

慶子が静かに自分の考えを言う。

息子より二つ年上の姉さん女房で、慶子は何事にもしっかりしていた。

結婚前は孝介の会社の関連会社でＯＬをしていた。当時から仕事はできたようだが、結婚してからも変わらず、家事はきちんとこなしていた。

それは今もつづいている。祐一郎の食事から、掃除、洗濯、着るもののアイロン掛けまで、育児の多忙さのなかでもしっかりやってくれている。

いわゆる正統派の美人でありながらも、かもしだす雰囲気は穏やかでやさしく、それでいて、家事もきっちりとこなす。こんな理想的な女性はまずいない。

慶子にはこの家を出ていってほしくはなかった。必死に言い募った。

「幸い、退職金はそれなりに貰っているし、アパートの家賃も入ってくる。だから、あなたは気兼ねしなくていいんだ。それに……もしもだよ。もしも慶子さんに好きな男ができて、再婚したくなったら、姻族関係終了届けを出して、ここを出ればいい。それはまったく問題ない」

祐一郎が心配しているのは、慶子に好きな男ができたときのことだ。

慶子はまだ三十歳になったばかりの女盛りだ。いくら育児に追われていたとしても、自分が頼ることができて、なおかつ、肉体的にも女の部分を満たしてくれるパートナーが必要になるのではないか――。

自分がそういう男になれればいいのだし、実際に慶子を抱きたいと思うことも多々ある。しかし、祐一郎はいまだ慶子は田代家の一員であり、決して許されることではない。

「……わたしは、再婚するつもりはありません。ですから、その心配は要《い》りません」

慶子がきっぱり言った。

「そうか……！」

祐一郎は心の底で拍手していた。

「それに……この家で、お義父さまと一緒にいると、すごく安心できます。お義父さまが護ってくださるから。ですので、そう言っていただけるのは心からうれしいんです」

慶子がまっすぐに祐一郎を見た。

「じゃあ、そうしなさい。大輝が大学を卒業して働くようになるまでは、ここにいればいい。いてほしいんだよ。正直言って、慶子さんがここを出たら、私も寂しいんだ。ひとりになってしまうしね」

「……そう言っていただけると……でも、大輝に手がかからなくなったら、わたしも働きます。外で働いて、少しは家計の足しになるようにします。それを許していただけるなら、ここにいたいです」

慶子が瞳を輝かせた。この言葉を待っていたのだ。

「許すも何も……。働けるようだったら、働けばいい。問題ないよ。よし、大輝が自立するまでここにいてくれ。いや、別にその後にもいてくれたってかまわんよ。もし、私が生きていたらだけどね」

「そんな！　お義父さまは絶対に大丈夫です。だって、まだまだお元気ですもの」

慶子が大きくうなずいた。

「そうか……そうだな。今、五十五歳だから、大輝が二十三歳で就職するとして、まだ七十八歳だものな。日本の男の平均寿命が八十一歳だから、大丈夫かもしれんな」

「はい……お義父さまは絶対大丈夫です。元気でいてくれないと困ります」

「よし！　今日から、散歩の時間を増やすぞ。歩くのがいちばんだと言うしな」

「そうですね」

慶子が口に手を当てて、明るく笑った。

安心したようだ。やはり、慶子も今後のことに不安があったのだろう。乳呑み子を抱えたシングルマザーは、あまりにも大変すぎる。

「じゃあ、慶子さんもそのつもりで。私もそのつもりだから……」

「はい。ありがとうございます」

慶子がまた涙ぐんだ。

「慶子さんは意外に涙もろいな。しっかりしているんだけどな……。しっかり者ほど涙もろいのかな？」

「……いやだわ、お義父さま……」

慶子が目頭に白いハンカチを押しつけた。

その品のいい仕種《しぐさ》や、袖《そで》から出た色白の腕、スリッパのなかの白足袋《たび》に包まれた足に、何とも言えない色気を感じてしまう。

(慶子さんが自分の嫁だったら、いいんだがな……)

と、孝介が亡くなってから度々思ったことをまた思った。

「あっ……大輝が……泣いています」

慶子が立ちあがった。祐一郎にはほとんど聞こえないが、母親には我が子の泣き声はどんな小さくても聞こえるものらしい。

「寝かせつけてきますね」

「ああ、そうしなさい」

慶子がリビングを出て、二階へとつづく階段をあがっていった。

2

(おかしいな。ちっとも降りてこないな)

慶子が二階にあがっていって、十五分ほど経った。

(寝かせつけているうちに、自分も眠ってしまったのだろうか。だったら、待っていてもしょうがない。着替えるか……)

祐一郎はよっこらしょと立ちあがり、二階へとつづく階段をあがっていく。角部屋にある自分の部屋に行き、そこで、喪服から普段着に着替える。

部屋を出て廊下を歩いても、元の若夫婦の部屋は静まり返っている。

(やはり、慶子さんも大輝も眠ってしまったのか?)

別にそれならそれでいいのだが、静かすぎるのがどうも気になる。

すこし覗いて、確かめるくらいなら、いいだろう。自室とは反対の角部屋にある慶子と大輝の部屋のドアをそっと開けた。

ダブルベッドの上で横になっている、白い長襦袢《じゅばん》姿の慶子を見た瞬間、祐一郎はハッと息を呑んだ。

なぜなら、自分の腕を枕代わりに横臥している慶子の、たわわな乳房が目に飛び込んできたからだ。

母親に護られるように、大輝が手足を大の字にしてすやすやと眠っているから、おそらく、大輝に授乳しているうちに、眠ってしまったのだろう。

その証拠に、白い長襦袢がもろ肌脱ぎになっていて、腰のところにまとわりついている。

上体はあらわになっており、そのなだらかなラインを描く肩やほっそりした腕もさらされてしまっている。前身頃が割れて、そこから白足袋を穿いた足も、付け根に近いところの仄白《ほのじろ》い内腿《うちもも》ものぞいてしまっている。
きっと、これは見てはいけないものなのだ。
だが、祐一郎はその場を立ち去ることができなかった。
心臓がばくばくいって、視線が否応《いやおう》なく、慶子の乳房に吸い寄せられてしまってい
る。慶子の乳房を見たのは、これが初めてだった。
(こんなに大きかったか?)
そう思ってしまうほどに、慶子の胸は豊かで、しかも、乳暈《にゅううん》も乳首も透きとおる
ようなピンク色にぬめっていた。
先のほうに白い粒々が見えるが、あれは母乳だろうか?
結婚したときはそんなに胸は大きいと思わなかったが、妊娠後期に見る見る立派に
なった。乳房がミルクタンクの機能を果たすためなのだろう。
(しかし、このたわわさは、どうだ……!)
祐一郎はごくっと生唾《なまつば》を呑んだ。そして、五十五歳になっても、生唾を呑むことが
あることに驚きもした。
慶子のオッパイをもっと近くで見たくなった。いったんそう感じてしまうと、こら
えきれなくなった。

く。

（ダメだな、こんなことをしては……）

祐一郎は自分を責めながらも、二人を起こさないように抜き足差し足で近づいてい

一メートルほどの距離から、慶子を見た。

目を閉じているとは言え、これだけじっくりと慶子の顔を見るのは初めてだった。

いつもは照れてしまって、あまりよく見られないのだ。

結われていた黒髪はほどかれていて、セミロングのふわっとした髪が頬にかかって

いる。きれいなアーモンド形の目が今は閉じられて、瞼《まぶた》が妖《あや》しい光沢を放っていた。

そして、上は薄く下の厚い唇が結ばれている。

しかし、この美しく充実した乳房はどうだ！

上の直線的な斜面を下側の大きなふくらみが持ちあげた理想的な形をしている。

慶子は自分でも、急に胸が大きくなった、と言っていたが、おそらくCカップくら

いだったのが、今はD、いやEカップはあるのではないだろうか？

しかも、色白で、薄く張りつめた乳肌からは青い血管が編み目のように走っている

のが見える。それに、二段式にせりだした乳首は見事なコーラルピンクにぬめ光って

いるのだ。

慶子は横臥しているので、上と下のふくらみが微妙に違って見えるし、形もゆがんでいて、それがまた、いっそう男心をそそる。

(ああ、触ってみたい……揉んだらさぞや気持ちが良かろう)

無意識に右手を伸ばしそうになって、

(コラッ、やめろ。慶子さんはいまだ家族なんだぞ)

と、自分を叱責する。

視線をさげれば、長襦袢の前がはだけて、下側の内腿がかなり際どいところまで見えてしまっている。

むっちりとした太腿の内側はそれこそ透きとおるような肌で、撫でさすって、その感触を味わいたくなる。

祐一郎はいまだ慶子の義父である。しかし、息子が死んでから、ずっと慶子とともに生きてきた。慶子がツワリで苦しんでいるときなども、できることはしたし、家事だってした。

予定より早く産まれそうになったときは、車に乗せて、病院まで運んだ。

(自分は、慶子さんの夫代わりをしてきた。少しくらいは許されるのではないか？)

そう自分を納得させて、祐一郎はベッドをまわり込んで、大輝の反対側に歩いていく。

物音がしないようにベッドにあがり、慶子の背中側に横臥した。

もしも慶子が目覚めたときを思うと、触れることはできなかった。いや、この行為自体も許されることではないが、見ているだけなら、いいのではないか？

二人の間には、少し間隔がある。

慶子の寝息に自分の息づかいを合わせた。

肩から背中にかけて、かるくウエーブした髪の毛が散らばっている。

やや猫背になった背中はそれこそシミひとつなく、つるつるだろうきめ細かい肌がひろがっている。浮きあがった肩甲骨《けんこうこつ》や背骨のひとつひとつがはっきりとわかる。

だが、それ以上に祐一郎の目を奪うのは、後ろから見た乳房だ。

大きくなったオッパイがはみだしていて、その後ろから見た乳房の球形がたまらなかった。

祐一郎はその甘美なふくらみに触れたかった。その柔らかいだろう感触を味わいたかった。

尻にも触りたかった。後ろに突きだし気味になっている、白い長襦袢に包まれた大きな尻をさすりたい。

慶子は細すぎず、太すぎずのバランスのいい身体をしていたが、とくに腰や尻は発達していた。そのイチョウ形にふくらんだヒップを撫でまわしたかった。

しかし、それは、してはいけないことなのだ。

諦めて、仰向《あおむ》けになった。

（そろそろ行こう……慶子が目を覚ましたときに言い訳ができない）

移動しようとしたとき、慶子が寝返りを打って、こちら側を向いた。

ハッとしたとき、慶子が身体を寄せてきた。

（えっ……！）

何が起こったのか、わからなかった。次の瞬間、

「……行ってはいや」

慶子は譫言《うわごと》のように言って、仰向けに寝ている祐一郎の胸板に手を置いた。

そして、ぎゅうと抱きついてくる。

（えええっ……！）

祐一郎は啞然とした。

慶子は目を覚ましていたのか？　そして、自分に『行ってはいや』と抱きついてきたのか？

そのとき、慶子が、

「孝介さん……」

と、今は亡き息子の名前を呼んだ。

（ああ、そうか……俺を息子だと勘違いしているのか！）

ようやく事情がつかめた。慶子は一周忌を終えても、まだ孝介を忘れてはいないのだ。

慶子が二つ姉さん女房で、孝介は時々、彼女に甘えていた。慶子が母親のように見えたときもあった。そうしながらも、二人は強い信頼関係に結ばれていた。

亡くなってから一年経過しても、息子のことを思っていてくれる嫁に、感謝さえしたくなった。

だが、そういう気持ちと肉体は違うようで、そのたわわすぎる乳房の柔らかさを感じて、祐一郎の股間のものは徐々に力を漲《みなぎ》らせてしまう。

（困った……）

これだけ亡き息子を思ってくれている慶子に対して、強い欲望を感じてしまう自分はいったい何者なのだろう？

そして、慶子は隣の男が祐一郎だとは気づいていないだろう。義父にそんなことをするはずはないからだ。

おそらく、慶子は夢を見ているのだ。夢のなかで、孝介に逢っているのだ。

一周忌であるし、天国に行く前に、孝介が慶子にお別れを告げに来たのかもしれない。

だとしたら、もう少しこのまま、その夢を見させてあげたい。

そろそろと腕を伸ばすと、慶子が二の腕に頭を乗せてきた。そして、祐一郎にぎゅっとしがみついてくる。

(ああ、夢のなかで、孝介を抱きしめているのだな)

祐一郎は息子になったつもりで、黒髪を撫でてやる。

頭の形までわかるほどの柔らかくて、すべすべした髪の毛だった。

と、慶子が片方の足を祐一郎の下半身に乗せてきた。

そして、ぴったりとくっついてくる。

白い長襦袢がはだけて、長くたおやかな太腿がほぼ付け根までのぞいていた。しかも、その膝のあたりが祐一郎のジャージズボンの股間に触れている。

祐一郎はごくっと静かに生唾を呑んだ。

結婚して二人がこの家で生活しはじめたときから、慶子のことをいい女だな、と感じていた。

こんなことを思ってはいけないのだが、孝介が亡くなってから、慶子への思いはどんどん強くなっていった。

さすがに妊娠中には邪心は抱かなかった。健康な赤ちゃんを産んでほしい、とそれだけだった。

しかし、大輝が産まれてからは、また慶子への密かな恋慕が復活した。

それは半分義父として、半分は男としての感情であった。

そして今、手が届くところに慶子の身体があるのだ。

我慢できなかった。これで、こらえろというほうが無理だ。

(起きないでくれよ!)

そう願いながらも、右手をおろしていき、慶子の尻から太腿にかけてなぞっていく。

長襦袢の薄い布地が肌の上をすべり動いていく。

柔らかいが張りつめた尻や太腿のたわみが伝わってきて、祐一郎のイチモツは、いっそうギンとしてきた。

(ああ、忘れていた。勃起ってこんな感覚だったのか……!)

尻をさすっているうちに、手のひらがじっとりと汗ばんでくるのがわかる。目を

瞑《つむ》って、息子の嫁のたおやかな尻の弾力と丸みを味わっていると、

「ああ、ぁああうぅ……行かないで。行ってはイヤよ」

慶子がそう言って、強く抱きついてくる。

おそらく、半分眠って、半分覚醒している状態なのだろうが、完全に祐一郎を孝介と錯覚しているようだ。今日、一周忌を終えたばかりで、孝介のことが頭から離れないのだろう。

「大丈夫だ。行かないよ、安心しろ」

祐一郎は息子になったつもりで言って、髪を撫でてやる。

「ぁああ、孝介さん……孝介さん……」

慶子は息子の名前を呼びながら、下腹部をぐいぐい擦りつけてくる。

「慶子……」

息子になったつもりで、尻と太腿をさすってやる。慶子は明らかに性的昂揚《こうよう》の感じられる甘い吐息をこぼしながら、祐一郎の胸板を手でさすってくる。

我慢できなくなって、祐一郎は乳房に触れてみる。

柔らかいが、張りのあるたわわな乳房に指が沈み込んでいき、

「ぁあああ……！」

と、慶子が艶かしい声をあげて、のけぞった。

(ああ、感じている!)

強烈な昂奮を覚えて、祐一郎は乳首に触れてみた。すると、乳首は濡れていて、生温かいものが指を濡らした。

(えっ……!)

母乳だった。慶子の乳首には、今製造中のミルクが滲みだしていた。

(そうか……慶子はオッパイが張ってしょうがない、と言っていた。それで、こんなに……そして今、このオッパイは大輝のものなのだ)

そう思った途端に、自分がしていることがあまりにもおぞましいことに思えた。

(ダメだ。これ以上は絶対にダメだ……!)

募る欲望を無理やり抑え込んで、祐一郎は胸から手を離した。

そして、髪をいい子いい子するように撫でていると、慶子の息づかいが静かになり、それが規則的な寝息に変わった。

どうやら、また眠りの底に落ちてしまったようだ。

これ以上一緒にいると、自分が何をしでかすかわからない。

祐一郎は慶子を起こさないようにそっと腕枕を外し、ベッドを降りた。そして、二人に布団をかけた。

3

翌朝、祐一郎は慶子とともに朝食を摂《と》っていた。

ダイニングテーブルの向かいの席で、慶子がご飯を口に運んでいる。そして、大輝はダイニングから見えるリビングに置いてあるベビーベッドで眠っている。

慶子のかるくウエーブしたセミロングの髪はいつものようにつやつやで、昨日は窶れて見えた顔も今日は生来の明るさを取り戻したように見える。

慶子はごく普通のニットを着ているのだが、子供を産んで胸が大きくなっているので、どうしても胸の部分だけが強調されてしまう。

昨日も今日も、祐一郎への接し方はこれまでと変わっていない。

おそらく、昨日、乳房をあらわにして祐一郎に抱きついたことは覚えていないのだろう。

朝食は、パンの嫌いな祐一郎に合わせて、和食を作ってくれている。しかも品数が多いので、まるで旅館の朝食のようだ。

慶子は、孝介が心臓発作を起こしたとき、脂《あぶら》っこいものが好きな孝介の好みに合わせて食事を作っていたことをひどく後悔していた。それ以来、祐一郎の健康を考えて、塩分の少ない健康的な料理を出してくれる。

祐一郎はずずっと味噌汁をすすり、お椀を置いて声をかけた。

「あらためて言うのもへんだけど、昨日の一周忌はお疲れさまだったね」

慶子はまっすぐに祐一郎を見て、

「感謝しなくちゃいけないのは、わたしのほうです。お義父さまのほうでいろいろとやっていただいて、わたしなんか何もできなくて……あらためてお礼を言わせてください。ありがとうございました」

慶子が向かいの席で、深々と頭をさげた。

「いや、喪主だからね。やることをやったまでだよ……慶子さんが大輝を抱いているのを見て、涙ぐんでいる親戚もいたな。姉さんも泣いていたな……」

「みなさん、やさしい方ばかりで、温かい目で見守っていただけて、田代家に嫁《とつ》いできてほんとうによかったと思っています」

慶子が感極まったように、喉を詰まらせた。

祐一郎も胸に熱いものが込みあげてきたが、それをぐっとこらえて言った。

「とにかく、慶子さんは我が家の人なんだから、気兼ねなんかしなくていいからな」

「はい……ありがとうございます。そう言っていただけると……」

慶子がまた声を震わせたので、祐一郎は話題を変えた。

「大輝は順調そうだね」

「はい……もう少しで首もすわりそうです。ガラガラを持たせると握って、振ったりするんですよ」

慶子の表情がパーッと明るくなった。

「そうか、そうか……」

「そろそろ、ベビーカーで外にお散歩に行こうかなと思っているんですよ。今度、天気のいい日に外に出てみます」

「そのときは言ってくれ。私もついていくから。ボディガードとしてね」

「はい。そうしていただけると、心強いです」

慶子が明るく微笑んだ。祐一郎はあらためて、この人が息子の嫁でよかったと思う。

と、慶子が訊《き》いてきた。

「お義父さま、今日のご予定は？　何かすることがあったら、言ってください」

慶子は行き当たりばったりではなく、朝にその日の段取りを考えるタイプらしく、だいたい毎日、祐一郎の予定を訊いてくる。

「今日は……アパートの水回りを見てもらう予定だ。業者が午前中に来るから、それにつきあうよ。差し当たってはそのくらいだな」

「わかりました。では、昼食も夕飯もいつもの時間でいいですね？」

「ああ、そうしてくれ……慶子さんの予定は？」

「わたしは、お義父さまがアパートから帰られたら、買い物に行ってきます。その間、申し訳ないですが、大輝を見ていていただけませんか？」

「ああ、お安いご用だ」

リビングのベビーベッドで、大輝がぐずりだした。

「失礼します。ちょっと、大輝を見てきますね」

慶子は立ちあがって、大輝の元に行き、

「あらあら、どうしたんでちゅか……そう、濡れて気持ち悪いのね。ちょっと待ってくだちゃいねぇ」

と、赤ちゃん言葉で話しかける。大人は誰でも赤ちゃんをかわいがるときは、こういう言葉づかいになってしまうようだ。

慶子が赤ちゃん言葉をつかうと、祐一郎は胸がきゅんとしてしまう。自分が慶子の赤ちゃんになって、あやされたいという気持ちになってしまうのだ。

慶子がベビーベッドに身を屈めて、大輝の紙オムツを替えはじめた。

昔は紙オムツなどなく、ほとんどが布で作ったオムツを使っていて、その洗濯が大変だった。それと較べると、今の紙オムツは洗う手間が省けて便利だ。もし、今も布製のオムツを使っていたら、世の母親や周囲の者が疲労困憊《こんぱい》してしまうだろう。

慶子は手早くオムツを替えて、なおも泣いている大輝を縦抱きにして、あやしはじめた。だが、大輝はなかなか泣き止まない。

「……オッパイが欲しいんでちゅか？　はいはい、待ってくださいね」

慶子はまた赤ちゃん言葉で話しかけ、後ろを向くと、慣れた手つきでニットをまくりあげ、大輝に授乳しはじめた。

祐一郎は、親しき仲にも礼儀ありで、なるべく授乳シーンは見ないようにしているのだが、このときは、祐一郎のほぼ正面に、慶子の後ろ姿が見えた。

慶子はソファに座って、右手に大輝を横抱きにして、オッパイをあげている。

祐一郎にはその後ろ姿しか見えない。

だが、慶子が垂れてきた母乳を拭うためのガーゼを取ろうとして、こちらを向いたとき、祐一郎には大輝が吸いついている白い乳房が見えた。

すぐに、慶子はまた背中を向けてしまったが、祐一郎の脳裏には、たくしあげられたニットと赤ん坊の顔の隙間に見えた、白いふくらみの画像が残った。

昨日、慶子の乳房を丸々見てしまっている。にもかかわらず、かいま見えた仄白い乳房は強いインパクトで、祐一郎を打った。

(ダメだろう。母親の授乳シーンに妙な感情を抱いては……神聖なる授乳を冒瀆《ぼうとく》するものだ)

祐一郎は自分を叱る。これ以上見ていると、ますます邪心が湧いてきそうで、

「ごちそうさま。二階にあがるから、人目を気にせずにオッパイをあげてくれ」

そう声をかけると、

「すみません。お気づかいいただいて」

乳首を吸わせながら、慶子が顔だけこちらを向けた。

「いいんだ……」

祐一郎は逃げるようにその場をあとにした。

その日、祐一郎は業者によるアパートの水回りの点検につきあい、昼食を摂った後、慶子が買い物に出たので、大輝の面倒を見た。

夕食は祐一郎の好きなビーフシチューを食べ、その後、慶子と二人でリビングのテ

レビを見て、風呂に入り、自室にあがって、布団に横になった。部屋は和室で、マットの上に布団を敷きっぱなしにして、低いベッドのように使っている。

祐一郎はごろんと布団に大の字になる。

昨日、息子の一周忌を終えたばかりで、何の変哲もない一日だった。

いや、何かあったら困るので、これでいい。

慶子は家に居てくれることが正式に決まったし、このまま義父と義娘と孫の三人で平々凡々な日々を送っていきたい。

目下のところの最大の願いは、大輝が健康に育つことだ。

しかしこの夜、祐一郎はなかなか寝つかれなかった。目を閉じると、昨日と今日、目にした慶子のたわわな乳房が浮かんできてしまうのだ。

いっそのこと自分でしようかとも思ったが、さすがにそれは慶子を冒瀆するようでできなかった。

寝つかれずに、寝酒でもしようかと、一階のリビングに置いてあるウイスキー目当てに部屋を出た。

二人を起こしてはいけないと、抜き足差し足で廊下を歩いているとき、慶子の部屋から「ううん」というような喘《あえ》ぎ声とも呻《うめ》き声ともつかない声が聞こえてきた。

（うん……？）

ぴたりと足が止まった。

慶子の声だ。

（何をしているんだ？）

耳を澄ます。すると、慶子の声が少しずつ大きくなっていく。大きくなった喘ぎのようなものが、また小さくなる。

まだ息子が健在である頃、一度だけ、夫婦の営みの声を聞いたことがある。あのとき、慶子の喘ぎ声が想像以上に激しく、驚いたことがある。

そのときの声と似ているから、これは間違いなく慶子が自分を慰めているのだろう。

聞かなかったふりをして、立ち去るべきだった。

だが、下半身にひろがってくる熱い疼《うず》きがそれを許さなかった。

祐一郎は少し戻って、今は使われていないが将来は大輝の部屋になるだろう隣室に入っていき、そこからベランダに出た。

ここと隣の部屋はベランダで繋《つな》がっている。

そろそろ三月だが、深夜はまだ底冷えがする。一応ガウンを着ているが、それでも冷気が身に沁みる。だったら、しなくてもいいのに、寒さを乗り越えさせるほどに、慶子がしている行為に惹かれた。

幸い、我が家は隣家とは離れているから、人目につくことはない。

足音を立てないように慎重に歩いていき、部屋の前で立ち止まった。

カーテンは閉められているが、真ん中の合わさる部分にわずかな隙間があって、そこから、かすかな明かりが洩れている。

4

祐一郎はその隙間から室内を覗いた。

（あっ……！）

と、声をあげそうになって、あわてて口をふさいだ。

夫婦で使っていたダブルベッドの上に、慶子がネグリジェ姿で仰向けに寝ているのがぼんやりとした明かりに浮かびあがっていた。

ベッドのすぐ横に小さなベビーベッドがあって、そこで、大輝がすやすやと眠っている。

そして、慶子の足は膝が立てられる形で、大きく開いていた。

白いネグリジェがまくれあがって、すらりとした足とむっちりとした太腿が窓に向かって開かれている。

ほっそりした手指が縦にすべって、細長くととのえられた繊毛《せんもう》が見え隠れしている。

慶子は息子が逝って、しばらくは妊娠と出産、そして育児に追われていた。

だが、大輝も夜は眠るようになり、また、亡夫の一周忌を終えて、少し落ち着きを取り戻し、本来抱えていた女としての欲望が芽吹《めぶ》いて、身体が疼きだしたのだろう。

だから、昨日も祐一郎を孝介と勘違いして、身体を擦りつけてきたのだ。

義父が未亡人になった息子の嫁の自慰を盗み見るなど、最低である。そうわかっていても、やめられなかった。

慶子は右手の親指を内側に折り曲げて、クリトリスを細かく刺激しながら、他の指で狭間《はざま》を撫でさすっている。

「あああうぅ……」

慶子の切なげな喘ぎがサッシを通して洩れてきた。

慶子は顎をせりあげて、洩れかかった喘ぎ声を、左手を口に持っていって必死にふさいでいる。

それでも、指の動きは止まらずに、むしろ、活発になっていく。

円を描くように撫でさすり、内側に折り曲げた親指でクリトリスを細かくくすぐるようにして、

「ぁあああ……」

と、下腹部をせりあげた。

腰が揺れていた。まるで、男を求めるような、挿入をせがむような腰の動きがひどくいやらしかった。

(そうか、慶子さんのようなしっかり者も、いざセックスとなると、こういう淫らな腰づかいをするんだな)

祐一郎はまたごくっと生唾を呑み込む。そのとき、慶子の指が体内に姿を消すのが見えた。

中指が根元まで埋まっていた。

慶子の陰部は右手でそのほとんどが覆い隠されてしまっている。だが、中指が激しくなかを叩いているのがわかる。そして、ブリッジでもするように腰が浮きあがった。

「ああ、ぁあああ、いいの……孝介さん、もっとして……孝介さん、孝介さん……ぁあああ、動いてぇ」

あからさまなことを口にして、慶子は自分から腰を振りはじめた。

中指を深々とおさめたまま、腰を後ろに引いて、そこから振りあげるような形で、中指に内部を擦りつけている。

(淫らだぞ、慶子さん、いやらしいぞ！　しかし、昨日もそうだった。そんなに孝介のことが忘れられないのか……！)

あの世に旅立って一年も経っているのに、いまだ嫁に思われつづけている孝介に嫉妬を覚えた。

「ぁあああ、あああ……いいの。いいのよ……」

そう譫言のように呟き、慶子はネグリジェの上から胸を揉みはじめた。たわわな乳房をぐいぐい揉みしだき、自ら腰をつかう。

いったん中指を抜いて、濡れ光っているその指でクリトリスを円を描くようにまわし揉みして、指先で細かく叩き、

「あっ……あっ……あっ……」

と、痙攣《けいれん》する。

慶子は正統派の美人であり、日頃はとても落ち着いているし、やさしいし、嫁の見本のような優秀な女だ。その女が、いざオナニーとなると、こんなに激しくあそこを掻《か》きむしるのだ。

祐一郎はイチモツが力を漲らせてきたのを感じて、パジャマのズボン越しにそれを触ってみた。びっくりするほどに硬くなっている。

勃起を握りながら、部屋のなかを覗きつづけた。

と、慶子が立ちあがって、ベビーベッドの大輝を愛《いと》おしそうな目で見つめ、眠っているのを確認し、洋服ダンスの引き出しから何かを取り出した。

それを包んでいたハンカチが取り除かれたとき、祐一郎はハッと息を呑んだ。

現れたのは、男根に似せた肌色のディルドーだった。

まるで誰かのペニスをかたどったように、大きさもエラの張った形も、男のおチンチンそのままの形である。

(こんなものを、慶子さんが持っているとは……)

祐一郎は、そのリアルな張形《はりがた》が慶子にはそぐわない気がした。

(これは、孝介が健在なときから持っていたのだろうか？　二人でセックスするときにも使っていたのだろうか？　それとも、孝介は出張で家を空けることが多かったから、寂しい閨《ねや》で孝介のおチンチンの代わりとして使用していたのだろうか？)

いや、そうでないかもしれない。

孝介があの世に召されてしまい、下腹部を満たすものがなくなって、新たにディルドーを購入し、こうやって寂しさを紛らわしているという可能性だってある。

慶子も三十路《みそじ》を迎え、孝介との夫婦の営みで、肉体は成熟しているだろう。だから、夫がいなくなって、あそこが寂しくてしょうがないのかもしれない。

そのとき、慶子がディルドーに舌を這わせはじめた。

ベッドに座り、肌色のおそらくシリコン製だろう張形を下から上へと舐《な》めあげ、丁寧に全体に唾液をまぶしていく。

「ああ、孝介さん……」

と、孝介の名前を口にして、悩ましくディルドーを見る。

(なるほど、あれを孝介のおチンチンだと思っているんだな)

慶子は唾液でぬめ光ってきた張形をベッドに置いて、下のほうを握って立たせ、そこに顔を寄せた。

這うような形で、ベッドから屹立《きつりつ》したものの頭部に舌を這わせ、それから、静かに唇をかぶせていく。

ゆったりと顔を振りはじめた。

それはまさに、ベッドに仰向けになった孝介のイチモツをフェラチオしているように見える。

（そうか、こうやって、孝介のものを頬張っていたんだな）

二人の夫婦の営みをついつい想像してしまった。

ベッドは壁にくっついているので、斜め前に慶子を見る形である。

セミロングの黒髪が枝垂《しだ》れ落ちて、顔の半分を隠し、その尖《とが》った唇がすべって、リアルな疑似《ぎじ》男根が見え隠れする。その濡れ光っている様子がひどくいやらしい。

（慶子さん……！）

祐一郎はまるで自分のものをしゃぶられているように感じて、イチモツがむずむずしてきた。ぎゅっと握ると、芳烈な快感が走り抜けていく。

快楽に目を閉じたいのをこらえて、覗いていると、慶子は根元まで頬張った。喉を突かれたのか、ぐふっ、ぐふっと噎《む》せる。

それから、唇をゆっくりと引きあげていき、ディルドーを吐き出した。

それから、ディルドーをまたいだ。

（ど、どうするんだ？　入れるのか？）

祐一郎は見つからないように気をつけながらも、興味津々《しんしん》で室内を覗きつづける。

慶子は下を向いて、右手でディルドーを屹立させたまま、大きく足をM字に開いて前に屈んだ。

白いネグリジェの胸元がひろがって、ノーブラの乳房がのぞいた。その豊かなふくらみが下を向いて、いっそうたわわに映る。

ネグリジェの裾《すそ》をまくりあげて、ディルドーの頭部を太腿の奥に擦りつけて、

「ぁあああ、ぁあああうぅ」

気持ち良さそうに顔をのけぞらせた。

その顔がちょうど祐一郎の潜《ひそ》んでいるベランダのほうを向いたので、ハッとして身を隠す。

(見つかっただろうか？　いや、外は暗いから大丈夫だろう)

ふたたび覗くと、慶子は蹲踞《そんきょ》の姿勢で、右手で支えたディルドーを翳《かげ》りの底に押し当てて、ゆっくりと腰を落としていくところだった。

祐一郎にはベッドから屹立した張形が、翳りの底に少しずつ沈み込んでいくのが、斜め前方に見える。

肌色のディルドーが途中まで姿を消して、

「ぁあああ……！」

と、慶子が顔を撥《は》ねあげた。

慶子は蹲踞の姿勢で上体をほぼ垂直に立て、顔をのけぞらせている。

やがて、白いネグリジェに包まれた身体がびくっ、びくっと震えはじめた。そして慶子は静かに腰を揺すって、

「ぁあああ、あっ……ぁあああ、あっ！」

悩ましい声をあげ、すっきりした眉を八の字に折って、苦痛とも快楽ともとれる顔をする。

髪が乱れて、ほつれた髪が美しくも高貴な顔に張りついている。

その悩ましい顔を見たとき、祐一郎は体に電気が走った。

何と言うことだ。先走りの粘液があふれて、ブリーフが濡れてきたではないか。

こんなになったのはいつ以来だろう？

ベッドの上では、慶子の身体がゆっくりと縦に揺れはじめた。

右手でディルドーの底をつかんで、膣に押し込みながら、腰を上下に振って、垂直に勃《た》った張形を呑み込んでいるのだ。

(す、すごいぞ……！)

肌色の人工ペニスが、太腿の奥の繊毛の底をうがち、出たり入ったりしている。

そして、慶子は、

「うっ……うっ……うっ……ぁあああ、あなたがいるわ。孝介さんがいるの……」

うっとりと目を細めて口走る。

その顔が恍惚《こうこつ》としていて、祐一郎はますます昂《たかぶ》る。

祐一郎はバジャマズボンとブリーフのなかに手をすべり込ませて、じかに握った。

イチモツはすでに熱く、いきりたっていて、ひと擦りするだけで途轍もない快感がふくらんでくる。

(孝介じゃなければ、ダメなのか？　俺ではいけないのか？)

イチモツが用をなさないのなら諦める。実際少し前までは、イチモツは排尿器官に堕《だ》していた。なのに、今はこうやってギンとしている。

(きっと、俺のチンチンは慶子さんを前にすると、欲情するんだな)

昂奮で視野が狭くなってきた。ぼうと霞《かす》んだ視界のなかで、慶子が仰向けに寝た。

膝を立てて足を開き、翳りの底にディルドーを押し込みながら、

「あああ、ああうぅ」

声を洩らし、左手で乳房をつかんでいる。

ネグリジェ越しにたわわなふくらみを揉みしだいていたが、やがて、襟元から手をすべり込ませて、じかに乳房を揉みはじめた。

やわやわとふくらみを揉むにつれて、腰も動きはじめた。

右手でディルドーを握って押し込みながら、腰をゆるやかにまわし、それから、上下に打ち振った。

こうしたらもっと気持ち良くなるとばかりに、腰を持ちあげる。

尻が浮いて、膣肉がきゅっ、きゅっと張形を締めつけているのがわかる。

そうやって腰を上げ下げしながら、左手では乳房をじかに揉んでいる。いや、揉むというよりは乳首をいじっているように見える。

あんなことをしたら、きっと母乳があふれてしまうに違いない。

だが、女性にとって乳首は授乳器官であるのと同時に、敏感な性感帯でもあるのだ。

（慶子さんもこんな淫らなことをするのだな……！）

日頃の慶子からは想像できないような、欲望をあらわにした行為に、祐一郎はたまらなくなった。

サッシのガラスを通して、室内の光景を凝視しながら、ズボンのなかの勃起を握りしごいた。

どんどん快感がひろがってきた。もう少しで射精しそうだ。

（おぉ、慶子さん……！）

ベッドの上で、慶子の腰がもの欲しそうに上下に揺れながら、左右にくねった。

「ぁあぁ、あぁあ……あなた、慶子、イクわ。イッていい？　イッていい？」

慶子の言葉がサッシを通して聞こえてきた。

きっと、息子としているときに、気を遣《や》る前はこうやって、許しを請《こ》うたに違いない。

（ああ、いいぞ。イキなさい。俺も、俺も出すぞ！）

祐一郎は孝介になったつもりで、勃起を握りしごいた。

ベッドでは、慶子がディルドーの底をつかんで押し込みながら、腰を揺すりあげている。もう一方の手で乳首を捏《こ》ねているのが、ネグリジェの動きでわかる。

「ぁあああ、ぁああぁ……ダメっ……あなた、イクわ、イク……ぁあああぁぁ、ぁあああうぅぅ……」

慶子はディルドーを激しく体内に叩き込み、抜き差ししながら、足を左右に開いた。

やや外側に向けた形で膝を開き、ディルドーを奥へ奥へと打ち込みながら、下腹部をもっととばかりにせりあげる。

（イクんだな。気を遣るんだな。いいぞ。俺も出すぞ！）

祐一郎は慶子とセックスしているようだった。今、想像のなかで、祐一郎は息子の嫁を犯しているのだった。

絶対にしてはいけないことだった。だが、尋常ではない昂奮がうねりあがってきて、それが理性を押し流していく。

「ぁあああ、あうぅ……イキます。イクっ……くっ！」

慶子がディルドーを受け入れながら、曲げていた足をピーンと伸ばした。

そのまま、がくっ、がくっと震える。

（おおぅ、イッたんだな。俺も……！）

祐一郎がひと擦りしたとき、熱いものが迸《ほとばし》った。

ドクッ、ドクッと噴き出た白濁液がブリーフのなかに、温かくひろがっていく。

夢のような射精だった。

放ち終えて室内を見ると、慶子はぐったりとして動かない。実際のセックスで気を遣ったように横臥している。

その足の近くには、蜜でぬめ光る張形がごろりと転がっていた。

このときになってようやく、祐一郎はぞくぞくとした寒けを感じて、物音を立てないように慎重にベランダを歩き、隣室に戻っていった。

5

翌日、祐一郎は風邪を引いて、熱を出した。

昨夜、寒いなか夢中で覗き見をして、体が冷え、それが原因で風邪を引いたのだ。まったくどうしようもなく恥ずかしいことである。

反省しつつ、二階の自室で横になっていると、慶子がやってきた。

ブラウスにカーディガンをはおって、膝丈のボックススカートを穿いている。

慶子は布団のかたわらに正座して、顔を覗き込むようにして訊いてきた。

「お義父さま、お熱はどうですか?」

「どうなんだろうな……まだあるような気がするんだが」

「失礼しますね」

慶子は祐一郎の額に手を当てて、

「すごく熱いわ」

驚いたように言って、

「お熱を計らせてください」

枕元に置いてあった体温計を差し出してきたので、祐一郎はそれを腋《わき》に挟んだ。熱を計る間に、

「お医者さんに行かれたほうがいいです。行ってください」

慶子が心配そうに言う。

「いや、いいよ。医者は嫌いだ」

祐一郎はプイと横を向く。本来なら反対側を向かなければいけないのだが、熱のために朦朧《もうろう》としていて、慶子のほうを向いてしまった。

（うんっ……？）

思わず目を見開いてしまった。なぜなら、正座した慶子のスカートの内側にむっちりとした太腿が見えてしまったからだ。

慶子は少し膝を開いているので、肌色のパンティストッキングに包まれた内腿がかなり奥までのぞいてしまっている。その奥のほうには、何やら白っぽいものが見える。

（パンティだな……）

祐一郎は覗いているのがわからないように、目を細めた。視界が狭くなっても、むちむちっとした太腿の奥の白いパンティはしっかりと見えている。鼓《つづみ》の形で奥の院を護っている。

「でも、風邪をこじらせて肺炎になったりしたら、困ります」

慶子の声がする。

「あ、ああ……大丈夫だよ。薬を飲んで、温かくして寝ていれば治る。これまでもそうやって治してきた」

「……では、明日になっても熱が下がらないようなら、お医者さんにかかってくださいね」

「ああ……わかったよ」

そう会話をする間も、慶子の太腿は開いたままだ。開いていると言っても、三十度ほどだから、気づかないのだろう。

豊かな太腿とわずかに見える下着が、これまで以上に祐一郎を昂らせた。

おそらく、昨夜、慶子のオナニーシーンを見てしまったからだ。

祐一郎の脳裏には、まだディルドーを深々と下の口に呑み込んで、腰を振っていた慶子の痴態が焼きついている。

そのとき、ピピーッと終了の音が鳴り、祐一郎は腋の下から体温計を取り出した。見ると、38・3度と表示に出ている。

祐一郎の手から体温計を受け取った慶子が、その数字を見て、

「38度以上あるじゃないですか……明日は絶対に病院に行ってくださいね。わたしが運転していきますから」

「ああ、わかったよ」

「あら、お義父さま、すごい汗……ちょっと調べますよ」

慶子は布団を少しどかして、パジャマ越しに胸板を触って、

「ああ、やっぱり……すごく汗をかいていらっしゃる。こんな肌着をつけていたら、よくなるものもよくならないわ。着替えましょう」

慶子はタンスの引き出しから、新しい下着を取り出した。

「すみません。上体を起こせますか？」

「ああ、どうにか……」

「じゃあ、体を起こしてください。手伝いますね」

慶子の助けを借りて、祐一郎は半身を起こした。すると、慶子がパジャマのボタンを外してくれる。

「いいよ、自分でするから」

「こういうときくらい、甘えてください。お義父さま、いつもきちんとしていて、ちっとも甘えてくださらないから」

慶子が拗《す》ねたような目をした。祐一郎はドキッとしながら、

「……孝介は甘えん坊だったからな」

言うと、慶子はいったん手の動きを止めたが、すぐにまたボタンを外し終えて、パジャマを脱がしてくれる。

確かに、半袖のシャツが大量の汗で濡れたようになっていた。

「ほら、すごいことになってる……ダメですよ。こんなに汗をかいたまま放っておいたら。気づいたときはご自分で着替えてください。わかりましたね？」

「ああ……わかったよ」

こういうふうに世話を焼かれると、何だか自分の妻のような気がしてくる。

「手をあげてください」

「こ、こうか？」

祐一郎が両手をあげると、肌着が抜き取られていく。

「寒いでしょうけど、少し我慢してくださいね」

慶子がタオルで祐一郎の胸板を拭きはじめた。汗ばんでいるところを、タオルがすべっていく。

両膝立ちになった慶子が身体を近づけて拭いてくれているので、ふっくらとした乳

房が当たり、祐一郎はドギマギしてしまった。

その反面、何か癒しのような効果があるのか、肌をさすられると気持ちが安らいでいく。

祐一郎はこのまま身を任せたくなった。甘えたくなった。

だが、甘い時間はそう長くはつづかなかった。

慶子が拭くのをやめて、新しい下着を持ち、祐一郎の腕を一本ずつ通していく。その際、また大きな胸が触れて、祐一郎はたまらなくなった。

半袖シャツを着させて、その上からパジャマを着せ、親切にもボタンを嵌めてくれる。

ブリーフは自分で着替えるのかと思ったが、そうではなかった。

「はい、次は下も着替えますから。失礼します」

慶子がパジャマのズボンをさげて、足先から抜き取った。

「あっ……！」

祐一郎は異常に気づいて、とっさに股間を手で隠した。ブリーフの股間が恥ずかしいほどに持ちあがっていたからだ。

「ブリーフも脱ぐのか？」

おずおずと訊くと、慶子がうなずいて、ブリーフに手をかけてくるではないか。

「あっ、いいよ。自分でするから」

「いいんですよ。言ったでしょ？　こういうときは甘えてくださいって……手を離してください」

祐一郎は手を外した。恥ずかしかったが、それ以上にいきりたったものを慶子に見せつけたいという気持ちがあった。

慶子は足のほうにまわって、ブリーフの両端をつかんで引きさげて、足先から抜き取っていく。

その際に、慶子の顔がかなり股間に近づいて、その息がかかった。

祐一郎は股間を隠そうと思ったが、やめた。赤銅《しゃくどう》色に頭部をてからせた分身がすごい角度でそそりたっていて、それを慶子に見てほしかったからだ。

自分も男であることを、慶子に認識してほしかった。

慶子はなるべく義父のイチモツを見ないようにと、必要以上に顔をそむけていたが、タオルをつかんで下半身の汗を拭こうとしたのだろう。

祐一郎のいきりたちに視線を落とした途端に、慶子がハッと息を呑むのがわかった。

拭く直前の体勢で、アーモンド形の目を大きく見開いて、固まっている。その視線が凍りついたように、勃起に落ちていた。

慶子の息づかいが急に乱れはじめた。

はあはあと乱れて、見る間に耳たぶが赤くなり、

「す、すみません……あ、あとはお義父さまがご自分で、なさってください……す、すみません」

そう謝ると、タオルを放して立ちあがり、ふらふらしながら部屋を出ていった。

ひとり残された祐一郎は、畳に置いてあった新しいブリーフを穿き、パジャマのズボンを穿き、布団をかけて目を閉じた。

エレクトした肉柱を見たときの慶子の驚きととまどいが、とても淫らなものに感じられて、祐一郎のイチモツはしばらく勃ちつづけていた。

第二章　艶女の思惑

1

祐一郎は翌日に病院に行って、薬を出してもらった。それでも、風邪が抜けるのには一週間ほどかかった。

その間、慶子は家事と育児をきちんとこなしながら、祐一郎の看病をしてくれた。さすがに着替えを手伝うことはしてくれなかったが、それでも、部屋を温かく保ったり、食事にも気をつかってくれた。

この人がいなければ、きっともっと風邪を治すのに時間がかかっただろう。下手をすると、こじらせて、肺炎になっていたかもしれない。

それを考えると、慶子という存在がますます大切なものに思えてきた。

同時に、エレクトした肉柱を見てから、慶子の祐一郎を見る目にちょっとした変化がうかがえるようになった。恥じらいというか、女の情感というか――。

慶子はディルドーを使った激しいオナニーをしていた。また、着替えのときに祐一郎のいきりたつペニスを見て、明らかに動揺していた。

しかし、たとえ慶子が下半身に寂しさを抱えていたとしても、祐一郎は当然のことながら自分から手を出せるわけではない。

慶子は亡き息子の嫁であり、家族の一員なのだ。

そんなことはわかっている。それでも、夜などは悶々として、ついつい慶子のオナニーシーンを思い浮かべて、自分でしてしまうのだった。

風邪から回復してしばらくして、管理人をしている『ハイツ田代』の店子《たなこ》である東《ひがし》尾《お》玲香《れいか》に、相談したいことがあるから、と呼び出しを受けた。

東尾玲香は三十八歳の未亡人で、夫を六年前に亡くし、それ以降、近くのスナックで働きながらこのアパートに住んでいる。

『ハイツ田代』は部屋が１ＤＫで、単身用の間取りだから、比較的回転は早く、玲香は店子のなかでも古株だった。

その日の午後、祐一郎は家の敷地内にあるアパートに向かった。

玲香はスナック勤めだから、昼間に部屋にいる。

『ハイツ田代』は木造モルタル造りの二階建てで、一、二階にそれぞれ三部屋ずつ計六部屋の小さなアパートだ。

今は亡き父親が建てたもので、築三十年経過しているが、途中で随分と手を入れている。

この程度でこの家賃なら、店子にとって悪い物件ではないはずだ。

祐一郎は外階段をあがっていき、角部屋のインターフォンを押して、「田代ですが」と告げる。すぐに、ドアが開けられて、

「どうぞ、お入りになって」

玲香が派手な化粧をした顔を出して、祐一郎を招き入れた。

玲香は黒いスリップに真紅のガウンをはおっていた。入った途端に甘い化粧品の香りが鼻を突く。

キッチンにはまだ洗っていない食器が置かれている。ダイニングの向こうの部屋には、絨《じゅう》毯《たん》の上に炬燵《こたつ》が出されていた。

「大家さん、炬燵にあたっていて」

そう言って、玲香がキッチンでコーヒーの用意をしはじめた。

ガウンの肩にソバージュ風にひろがった茶髪がかかっていて、しどけない空気がただよっている。

やはり水商売を長くつづけると、独特の雰囲気を身につけるのだろうか？

玲香がこの安アパートに住んでいるのは、スナック勤めでお金を稼いで、自分の店を持ちたいからだと聞いたことがある。

玲香がお盆にコーヒーを載せて持ってきて、炬燵ボードに置いた。

金色の模様の入ったお洒落《しやれ》なコーヒーカップである。

玲香は炬燵の隣のコーナーに座って、炬燵布団を膝にかけ、声をかけてきた。

「こう見えても、わたし、すごい寒がりなのよ。大家さんは、どうなの？」

「私も寒がりですよ。いや、夏もいやだから、暑がりで寒がりというどうしようもない体質ですよ」

「ふふっ、わたしと一緒だわ」

玲香がきゅっと口角《こうかく》を吊りあげた。

派手な化粧をしているから、ケバケバしく感じる。しかし、祐一郎は以前にスッピンの玲香を見たことがあるが、びっくりするくらいに穏やかできれいな顔立ちをしていた。

いっそのことスッピンで過ごしたらと思うのだが、水商売を長くつづけていると、厚化粧をするのが習慣になってしまうらしい。

相談事は何なのか気になったが、ここは玲香が切り出すのを待ちたい。玲香が言った。

「息子さんの一周忌が終わって、ホッとしたでしょ？」

「ああ、確かに……あとは三周忌だからね」

「……まさか、あんな元気そうな方が突然、逝くなんて、世の中何が起こるかわからないわね。大家さんのご心中をお察しするわ」

玲香が隣のコーナーから、同情しているという顔を向ける。

「ああ、ありがとう」

「……でも、あれよね。類は友を呼ぶと言うけれど、お宅の慶子さんも未亡人になってしまったわね」

玲香が深い溜め息をついた。

「ここが『未亡人ハイツ』って呼ばれているの、ご存じよね？」

「そうらしいね……。あまり呼んでほしくはないが、事実だからね」

じつは二階の他の二部屋にも、玲香と同じ寡婦《かふ》が住んでいる。

隣に入っているのが吉岡穂南《よしおかほなみ》という若いＯＬで、反対側の角部屋には田上《たがみ》まり子《こ》というナースが住んでいる。

二人とも、夫と死別している。つまり、ここの二階の住人はすべて未亡人であり、いつの間にかうちのアパートは近隣の人々から『未亡人ハイツ』と呼ばれるようになった。

「じつは、わたしたち三人で時々、女子会ならぬ未亡人会を開いているのよ。だいたいうちの部屋で開くの。何しろ寡婦の集まりだから、外だといろいろと聞かれたくないこともあるでしょ？　大家さんにはわからないでしょうけど、未亡人の苦しみってあるのよ。夫に先立たれて、ひとり残された女のつらさが、いろいろとあるの……今度、女子会を開くとき、慶子さんもお呼びするわね。きっと慶子さんにも、他の人には相談できないことがいろいろとあると思うのよね。わたしたちは先輩だから……」

玲香は大口を開けて笑った。

「遠慮してたんだけど、もう一周忌も終わったんだから、お呼びしていい頃かなって……慶子さんにそう言っておいてくださいな」

「そうだね。伝えておきます」

そう答えながら、祐一郎は玲香の対応が今日はやけに丁寧だな、と感じた。こういうときは、何か頼みごとがあるからだろう。いやな予感がした。

「……ところで、相談なんですけど……」

玲香が炬燵の隣から、右手を伸ばして、祐一郎の膝の上、股間に近いところに手のひらを置いた。炬燵布団越しだが、押されている感じはある。

「何でしょうか？」

祐一郎はその手と顔を交互に見て、訊く。

「今月のお家賃なんだけど……少し待っていただけません？」

そう言って、玲香は左手で茶髪をかきあげ、右手を強く炬燵布団に置いて、濃いアイメイクの目でじっと祐一郎を見た。

（ああ、やはりそういうことか……）

いやな予感が的中した。

「……だけど、玲香さんはスナックでお稼ぎのはずでしょ？　お金を溜めて、自分で店を開くのが夢だと聞いていましたが……」

「よく覚えているのね？」

「管理人ですから、店子のみなさんのことは、それなりに把握していますよ。失礼ですが、預金もおありになるんでしょ？」

「それがね……」

玲香がぐっと身を寄せてきた。あれよあれよと思う間に、右手が炬燵布団のなかに潜《もぐ》り込んで、太腿に置かれた。

「うん……？」

と、祐一郎は玲香を見る。玲香は何もしていないわよ、という顔で言った。

「じつはね……預金ももうほとんどないのよ」

「どうしてですか？」

「わたし、今、惚《ほ》れ込んでいる男がいるの……彼はまだ若いんだけど……」

と、玲香が実情を話してくれた。

相手は、スナックに時々現れる若い実業家で田原《たはら》と言う。

その田原が今度、自分で会社を起こすことになって、お金が足りないと言うから、貸したらしいのだ。

「そんな目で見ないでよ。先行投資をしているの。彼はきっと近い将来、大物の実業家になるわ。わたしの目に狂いはない。彼の会社が軌道に乗ったら、何倍にもなって返ってくる。だから、お家賃のほうは少し待っていただきたいの」

玲香がぐっと身を寄せてきたので、黒いスリップのV字に切れ込んだ胸元から、乳房のふくらみと深い谷間がのぞいた。

「それって、ひょっとして、詐欺《さぎ》じゃないですか？」

心に浮かんだことを言う。誰だって、そう感じるだろう。

「違うわよ。女を騙すような人じゃないもの。まだ三十三だけど、世の中のこと何でも知っているし、実業家としてもすごく能力が高いのよ。夢も大きいし、女なら誰だって、彼の夢を叶《かな》えてあげたくなるわ」

玲香が真剣な顔で言う。

水商売を長年してきて、男の本音を見抜けるはずの三十八歳の女をこれだけ本気にさせるのだから、田原という男はよほど口が達者なのだろう。

いや、口だけではなく、きっと、セックスも達者なのだ。

「お願いします。大家さん、お家賃のほう待ってくださらない？」

玲香はそうおねだりをするような雰囲気を出して、甘えついてくる。さっきから、右手がジャージズボンの股間に触れている。

「いや、それだと、玲香さんが稼いだお金をすべてその若いツバメ……いや失礼、実業家に貢ぐことになってしまいますよ。そうなると、家賃のほうもずっと滞納……ぁあああ、ちょっと！」

祐一郎は途中で言葉を切らざるをえなかった。

玲香が股間のものをぐいと握ってきたからだ。

2

「ふふっ、大家さん……やるじゃないの。そのお歳でまだまだ現役なのね。ほうら、こうすると……」

玲香が炬燵布団のなかで、股間を握りしごいてきた。

「おっ、あっ……ちょっと、ダメだよ……おおぅ、ダメだって……くっ」

祐一郎は天井を仰いでいた。

玲香の指づかいが巧みすぎた。擦ったり、さすったり、はたまた握って、ぎゅっ、ぎゅっと圧迫されると、否応なく分身が硬くなっていく。

これを許しては、家賃を取り損ねてしまう可能性が高くなる。

だが、抵抗できなかった。

これもきっと、自分は慶子に邪心を抱いており、ご馳走を前にして、ずっとお預けを食らっているという状況がつづいていたからだ。

その満たされない心身に、玲香によってもたらされる快感が沁み込んできた。

玲香が肉棹《にくざお》をしごきながら、ガウンをはらりと落とした。

黒いスリップが、そのちょっと余裕があるがゆえに色っぽい熟れた身体を包み込んでいる。そして、乳房のふくらみの頂上にはポツンと突起がせりだしている。

片方の肩紐が二の腕におりていて、それを玲香が肩にかける。そういった仕種がしどけなくて、妖しい雰囲気に引きずり込まれそうになる。

さて、玲香はどうするのかと見ていると、なぜか炬燵のなかに潜っていった。

そして、祐一郎が座っているコーナーから、亀のように顔を出した。

「寒いからね……」

そう言い訳をして、炬燵のなかから手を出して、祐一郎のジャージズボンに手をかけて、ブリーフとともにおろしていく。

膝までさげられ、禍々《まがまが》しいイチモツがぶるんっと首を振って、飛びだしてきた。

それは、自分でも誇らしいと思うほどに、いきりたっている。

「あらら、大家さん、ほんとお元気ね。まだ現役なんでしょ？」

玲香が上目づかいで訊いてくる。

「いや、最近は……」

「そう？　そうか……欲求不満が溜まっているのね。ふふっ、お若いのね。すごいわ。感心しちゃう」

そう言って、玲香が屹立をそっと握ってきた。

肩と顔だけ炬燵から出して、赤いマニキュアが塗られた指でいきりたちを握り込み、ゆるやかに上下動させる。

このところ、慶子のオナニーを見ながら自分でしごいていたりしたが、最近は女性の指でされたことはない。

女の指はどうしてこんなにしなやかで、気持ちいいのだろう。

かるくしごかれるだけで、甘い愉悦《ゆえつ》がひろがってきた。

玲香は上からたらっと唾液を垂らし、亀頭部に溜まった唾液を指で塗りひろげるようにして、尿道口から亀頭冠へと指でなぞるのだ。

「おっ、あっ……それは……くっ！」

巧妙な愛撫に、ジンとした痺れに似た快感がうねりあがってきた。

「咥《くわ》えたいの。もう少し、腰を後ろに……そう。できれば寝ていただけるかしら？」

玲香が顔をあげて、にこっとする。

厚化粧だが、夜の女の危ない色気が匂い立っている。

祐一郎は言われるままに、座布団の上に仰向けに寝た。足先は炬燵のなかに入っているから、温かい。

玲香は炬燵から上半身を乗り出して、いきりたつ肉棹をつかんで、先端を舐めはじめた。それから、一気に咥え込んできた。

「くっ……！」

と、呻きながら顔を持ちあげると、ソバージュヘアが垂れ落ちて、隙間から玲香がおちょぼ口で屹立を頬張っている姿が見えた。

下を向いているので、黒いスリップの胸元がひろがって、左右の乳房も下を向き、その頂上にセピア色の乳首がのぞいている。

(何て色っぽいんだ……！)

その姿に、気持ちが昂揚してくる。

さらに、温かく柔らかな唇で、分身をしゃぶられているのだから、理性を発揮しろと言うほうが無理だ。

玲香は根元を握ってしごきながら、亀頭部を頬張って素早く往復させる。ジンとした痺れがひろがってきた。

「ぁおおっ……ちょっと……！」

「どうしたの？」

玲香が顔をあげて、祐一郎を見た。切れ長の目はすでに潤んでいて、玲香も昂っていることがわかる。

「いや、ひさしぶりだから、あまり強くされると、感じすぎてつらいんだ」

そう祐一郎は訴えた。

「そんなこともあるのね。わかったわ。やさしくするわね」

にっこりして、玲香は肉棹を腹に押さえつけ、裏の方に舌を這わせる。

裏筋をツーッ、ツーッとなめらかな舌で舐めあげられると、ぞくっとした快感が撥ねあがった。

「これなら、大丈夫？」

「ああ、大丈夫だ。気持ちいいよ、すごく……」

「よかったわ」

微笑んで、玲香が亀頭冠の真裏の裏筋の発着点を舐めてくる。

よく動く舌先でちろちろちろっと敏感な箇所を刺激されると、この世のものとは思えない快感がひろがってきた。

「何か、すごいわね。大家さんのおチンチン……今、びくびくっと躍りあがったわよ。

今、お幾《いく》つなの？」

「……五十五歳だよ」

「すごいわね、その歳でこれは？　やっぱり、アレかしら？　いつも家できれいな女を見ていると、ここも衰えないのかもしれないわね」

玲香が妖しく微笑む。もちろん、冗談半分で言ったのだろうが、図星をさされて、祐一郎はドキッとした。

「バカなことは言わないでくれ」

「そうかしら？　家でずっと慶子さんと一緒なんでしょ？　多少は影響あると思うわよ。ダメよ、手を出したら」

「そんなこと、するわけがないじゃないか！」

「あら、珍しく怒ったわね。あわよくば、と思っているんじゃないの？　何しろ彼女も寡婦だものね。ご主人がいなくなって、あそこが寂しいんじゃないのかしら？」

「……やめなさい！」

「あらら、不思議ね。おチンチンがますますギンとしてきた。ふふっ、内心は彼女を抱きたいと思っているんでしょ？　わからないように抱けば、問題ないんじゃないの？」

「やめな……くっ！」

祐一郎の言葉が途中で途切れてしまう。玲香がまた頬張ってきたのだ。

ぱっくりと奥まで咥えられて、その包み込まれる心地よさに、祐一郎は呻く。

すると、玲香がイチモツを口におさめたまま、炬燵を完全に出た。そして、ぐるりと時計回りにまわって、祐一郎に尻を向ける形でまたがってきたではないか。

祐一郎の目の前に、黒いスリップに覆われた尻がある。

スリップの裾がずりあがって、太腿の付け根から臀部が見えている。やはり、パンティは穿いていないようだ。

ブラジャーもつけていないようだし、おそらく、最初からこの肉体で家賃の延滞を承諾させるつもりだったのだろう。

魂胆は見え透いている。しかし、わかっていても、抗《あらが》えないこともある。

玲香が肉棹を頬張りながら、誘うように尻を振った。

（ええい、ここは……！）

祐一郎がスリップの裾をまくりあげると、丸々とした尻が現れた。

立派である。それに、脂が乗って、柔らかそうに張りつめている。

尻たぶの底に女の割れ目が息づいていた。真っ黒な繊毛を背景にして、肉厚でぽってりした大きな肉びらがひろがって、鮭紅色の内部をのぞかせている。

しかも、そこは全体が滲んだ蜜でぬめ光っており、甘酸っぱいような芳香がただよってくるのだ。

祐一郎はこくっと生唾を呑み、顔を寄せていく。下からひと舐めすると、

「んっ……!」

くぐもった呻き声とともに、玲香がびくっと震えた。

(感じているじゃないか……!)

祐一郎は俄然やる気になった。さっきまでは、ひさしぶりのセックスに不安さえ抱いていた。

だが、今の玲香の喘ぎで、自分でもできるのではないか、という自信のようなものが湧いてきた。

双臀をつかんで思い切って押し開くと、それにつれて雌花もひろがる。

「舐めるよ、いいね?」

「ふふっ、その気になったのね。いいわよ、たっぷりと舐めて……」

「よし……!」

祐一郎は狭間に向かって舌を走らせる。ねっとりとした粘膜がからみついてきて、

「んっ……んっ……！」

玲香は鋭く反応して、腰をよじる。

祐一郎もそんなに多くの女を抱いたわけではないが、やはり、女は感じやすいほうがいい。敏感な女は男を鼓舞する。

つづけざまに狭間に舌を走らせて、いったん休んだ。

すると、すかさず玲香がピストンしてきた。いきりたっている肉柱にふっくらとした唇をかぶせて、情熱的にすべらせる。

「くっ……！」

ジーンとした快感が湧きあがってきて、祐一郎は仰向けに寝る。

玲香は今だとばかりに猛烈に唇を往復させ、それから、ジュルルッと吸いあげてくる。

「おおぅ……！」

と、祐一郎は唸る。

フェラチオされるのは何年ぶりだろうか。ひさしぶりなので、このまま玲香の口のなかに射精してしまいかねない。

踏ん張り時である。

ここで放ってしまっては、あまりにも呆気なさ過ぎる。

祐一郎は放出をぐっとこらえた。

(こういうときは、攻めに転じるしかない)

右手を伸ばし、クリトリスを攻めた。

笹舟形の下方で飛びだしている肉芽は大きい。祐一郎はあふれだしているとろっとした蜜をそこになすりつけた。

しばらくセックスからは遠ざかっていたのに、まだ愛撫の仕方を覚えていることが不思議だった。指腹を突起に当てて、くるくるとまわし揉みする。すると、一気に陰核がせりだしてきて、

「んっ……んっ……」

と、玲香は頬張ったまま、鼻声を洩らす。

祐一郎がここぞとばかりに肉芽を攻めると、玲香はついには肉棹を吐き出して、

「ああ、ダメっ……そこ弱いの……ぁああ、ぁああん……」

やけにかわいらしい声を出して、くなっ、くなっと腰を揺らめかせる。

(俺だってまだできるじゃないか!)

玲香がフェラチオできなくなるほどに感じているということが、祐一郎の自信を回

復させる。

「ああ、もっと……じかに舐めて、お願い」

玲香が訴えてくる。

ならばと、祐一郎は二本指で両側を引っ張って莢《さや》を剝《む》いた。すると、珊瑚色にぬめる大きな肉真珠がぬっと現れた。

やはり、本体も立派だ。おかめ顔をした肉芽に舌先でちろちろと刺激を与えると、

「ああ、それ！　あんっ、あんっ、あんっ……ぁあああ、いいのよぉ」

玲香が隣室に聞こえそうなほどの大きな声をあげた。

隣室には吉岡穂南という女性が住んでいるが、派遣でＯＬをしているから、昼間はいないはずだ。

祐一郎がなおもクリトリスを執拗に舌で転がすと、

「ああ、ああ、もう、ダメっ……我慢できないわ」

玲香は立ちあがると、祐一郎のほうを向いて、下腹部にまたがってきた。

3

蹲踞の姿勢になって、スリップの裾をまくりあげた玲香は、いきりたつものを握って導き、ゆっくりと擦りつけてくる。

亀頭部の丸みが濡れそぼった狭間をぬるっ、ぬるっとすべっていき、

「ぁああ、いいわ……気持ちいい……」

玲香はうっとりとして、顔をのけぞらせる。

それから、冷静になって、上から祐一郎を見た。

「お家賃のほう、待ってくださるわね？」

玲香にしてやられたようで悔しい。しかし、ここまで来て、ノーとは言えない。それほどに、祐一郎は結合したかった。

「わかった、待つよ。でも、なるべく早くお金を入れてくださいよ」

「わかってるわよ。その前に、大家さんのこれを入れてあげるわね」

玲香は笑えない冗談を言って、もう一方の手指を陰唇に添えてV字にひろげ、そこに屹立をあてがって、静かに沈み込んでくる。

亀頭部が入口を押し広げたと思ったら、ぬるぬるっとすべり込んでいき、

「ぁあああ……！」

玲香が手を離して、大きくのけぞった。

「くうぅ……！」

と、祐一郎も奥歯を食いしばっていた。

そこは温かく、潤みきっていて、しかも、勃起を招き入れながらも、きゅ、きゅっと締まってくるのだ。

（ああ、こんなに気持ちいいものだったか……！）

祐一郎はもたらされる歓喜に酔いしれる。

もう何年もセックスレスで、女の蜜壺の感触を忘れていた。

「大家さんのカチカチよ。ねえ、どうして？　その歳でどうしてこんなに硬いの？　ぁあああ、ぐりぐりしてくる……たまらない」

玲香は我慢できないとでもいうように腰を前後に揺すって、うれしいことを言う。

おそらく、お世辞だろう。

だが、そう言われれば満更《まんざら》でもない。やはり、女性はセックスでも、男をやる気にさせなければいけない。そういう意味では、玲香はさすがと言うべきだ。男扱いに長《た》

けている。

玲香は膝をカーペットにぺたんとついて、腰から下を柔らかく振っている。

黒いスリップの両方の肩紐が外れて、丸々とした乳房がなかば見えていた。そして、長いソバージュヘアが肩や乳房に垂れ落ちて、色っぽさを増している。

「ぁあああ、ほんとうに気持ちいいのよ……ぁあううぅ」

玲香が腰を揺すりながら、言う。

祐一郎も同じことを考えていた。

女性の膣はこんなにも気持ちいいものだったのか？　温かく滾《たぎ》った蜜壺がうねうねと波打ちながら、分身にまとわりついてくる。

全体が柔らかく包み込んできながらも、うごめいている。

もし自分がセックスを覚えたてで、おチンチンが敏感な時期だったら、すぐにでも搾り取られていただろう。だが、祐一郎はすでに五十五歳で、男性器の感覚が鈍くなっている。

気持ちいいが、射精してしまうほどでもない。

祐一郎がいまいち高まっていないのを察知したのだろう。玲香が結合したまま、後ろに両手を突いた。

そして、上体をのけぞらせ、足はM字に開く。

スリップが腹までまくれあがり、大きくひろがった太腿の奥で、イチモツが翳りの底に埋まり込んでいる。

（おおぅ、これはすごいぞ……！）

祐一郎は目を奪われる。

「見えてる？」

玲香が悪戯《いたずら》っぽい目で訊いてくる。

「ああ、よく見えるよ」

「何が？」

「私のあれが、玲香さんのあそこにずっぽりと嵌まっている」

「それじゃあ、わからないわよ。これとかあれは禁止……何が、どこに入っているの？　言いなさいよ」

女性からこういういじられ方をしたのは、これが初めてだ。だが、悪い気はしない。

「……私のお、おチンチンが、玲香さんのオ、オマ×コに嵌まっている」

「よく言えました。ご褒美をあげるわね……見ていて」

年上の女のように振る舞って、玲香が腰を振りはじめた。

両手を後ろに突いて、上体を反らせながら、腰を前へと振りあげてくる。そのたびに、祐一郎の肉棹が見え隠れする。

玲香の陰毛は濃い。びっしりと生えた黒光りする翳りの底に、肉柱が吸い込まれていき、吐き出される。

「ぁあああ、見えてる？」

「ああ、よく見えるよ」

「どう？」

「すごくいやらしいよ」

「ひさしぶりなんでしょ？」

「ああ……数年ぶりだよ」

「うれしい？」

「ああ、うれしいよ」

「青春を取り戻した感じ？」

「……そうだな。そんな感じだ」

「大家さんのほんとうにいいの。大きさはそれほどでもないけど、形がいいのね。微妙に左に曲がっているし……」

「そ、そうか？」

「そうよ……ぁあああ、気持ちいい。たまらない……」

玲香は腰を後ろに引き、そこから前に放り出すようにして腰を振る。途中から、くいっとしゃくりあげるようにするので、その動きが卑猥だった。

しかも、勃起が恥骨や膣の奥でぐりっと擦られて、祐一郎も快感が高まる。

これが若い頃だったら、絶対に出していた。

しかし、祐一郎は五十路《いそじ》を迎えたあたりから、遅漏《ちろう》気味だった。つまり、そう簡単には射精しないのだ。

「ぁあああ、いいわ……奥に当たってる。擦ってくるの。出したくなったら、出していいのよ」

「ああ……」

と答えるものの、祐一郎はまだまだ長持ちしそうである。

玲香の腰づかいが徐々に激しく、速くなっていった。

両方の肩紐がさらにずれ落ちて、スリップもさがって、乳房がどんどんあらわになってきた。

「ぁあああ、あああ、いいのよ、いいの……あうぅぅ！」

腰づかいが加速度的に速くなって、ついにスリップが降りてきて、乳房がぽろりとこぼれでた。

たわわすぎて少し垂れ気味だが、乳首はツンと上を向いている。ひろい乳輪と誇らしげにせりだしたセピア色の乳首が生々しい。

玲香が後ろに突いていた手を外して、蹲踞の姿勢になった。

上体をほぼ垂直にして、腰を上下に振りはじめた。

すると、たわわすぎるオッパイがぶるん、ぶるんと激しく縦揺れして、乳首も上下に動く。

「ねえ、両手を……」

言われるままに、両手を差し出すと、玲香が指を組んできた。

祐一郎が下から支えている形である。

そして、玲香は前に体重をかけながら、腰を激しく上下に打ち振った。まるで、腹の上で飛び跳ねているようだ。乳房の揺れがますます大きくなり、

「あんっ、あんっ、あんっ……」

玲香は切っ先が奥を突くたびに、予想外の愛らしい声をあげる。

これは効いた。膣によるピストン運動を受けているようだ。

「くっ……！」

と、祐一郎はこらえる。

これが効果的であるのがわかったのか、玲香は下までおろしたところで、腰をぐいん、ぐいんまわして、精液を搾り取ろうとする。

「おぉぅ、くっ……」

祐一郎は歯を食いしばると、

「いいのよ。出していいのよ。出しちゃって！」

玲香が射精するようにせかしてくる。

玲香としても、惚れている男は別にいるわけだから、祐一郎とのセックスはさっさと済ましてしまいたいだろう。

だが、祐一郎は遅漏である。精液は出そうで、出ない。そうこうしているうちに、玲香のほうが先に音《ね》をあげはじめた。

「ぁああ、ねえ、まだなの？」

「ああ、私は遅漏なんだよ。悪いね」

「搾り取ってあげる。ぁああ、ぁああ、あんっ、あんっ、あうぅぅ」

玲香は大きく腹の上で撥ね、そして、腰をグラインドさせて肉棹を揉みしだいてくる。

普通の男なら、絶対に射精している。だが、祐一郎はよく言えば、持続力がある。

「ねえ、気持ち良くないの？」

不安になったのか、玲香が訊いてくる。

「いや、気持ちいいよ」

「そう？　ぁあああ、ここまで持った人、初めてよ。こっちのほうがおかしくなってきた。ぁあああ、ぁあああああ、いいのよぉ」

玲香の腰振りがいっそう激しくなった。祐一郎の手指をつかんだ指にすごい力が入っている。

「ぁああ、イキそうよ」

玲香が指を離し、腰を折り曲げて、祐一郎に抱きついてきた。

「ねえ、下から突きあげて。できるでしょ？」

「まあ、何とか……」

「して。思い切り、突きあげて！」

祐一郎はすべすべしたシルクタッチのスリップ越しに背中と腰をつかみ寄せ、自分は膝を曲げて動きやすくし、腰を撥ねあげる。

ひさしぶりのセックスなので、疲労が著《いちじる》しい。それをこらえて遮二無二《しゃにむに》突きあげると、屹立が斜め上方に向かって膣を擦りあげていき、

「あんっ、あん、あんっ……いいわ。いい！　そうよ、ちょうだい。イクわ。わたし、イキそう……大家さんのもちょうだい」

「行くぞ。そうら……」

祐一郎はフィニッシュしようと、つづけざまに腰を撥ねあげた。

ぐちゅぐちゅといやらしい音がして、それを玲香の甲高《かんだか》い喘ぎ声が打ち消していく。

「ぁああ、イキそう……ほんとにイキそう……イクわ、イク、イク、イッちゃう！　ちょうだい！」

玲香がしがみつきながら、顔をのけぞらせた。

祐一郎は自分も出そうと、渾身《こんしん》の力を込めて、下から腰を撥ねあげる。下腹部に熱い疼きが溜まっている。もう少しだ。もう少しで……。

だが、祐一郎が連続して突きあげたとき、

「イク、イク、いく……やぁあああああっ……くっ！」

玲香がのけぞりかえり、がくがくっと震えながら覆いかぶさってくる。

まだ祐一郎は出していない。もう少しだ。もう少し……。

すでに気を遣っている玲香の体内に、最後の力を振り絞って、怒張を打ち込んでいく。

「ぁあああ、ウソっ……！　まだなの。すごい、すごい、すごい……あんっ、あんっ、あんっ……イク、また、イクぅ……くっ！」

いったんのけぞった玲香が、ばったりと伏せってくる。

しかし、祐一郎は射精していなかった。出したかった。だが、肝心の体力が尽きていた。エネルギーがなくなると、射精もできない。祐一郎は諦めて、腰の動きを止めた。

4

ベッドの上に裸で寝ている祐一郎を見ながら、玲香は黒いスリップの裾を持って、上から抜き取っていく。

祐一郎はその一糸まとわぬ姿に見とれた。

適度に肉のついた熟れた身体をしていた。乳房も立派だし、腰まわりも張っている。だが、ウエストはきれいにくびれているし、手首や足首も細く、その引き締まったところは引き締まった肉体が、男心をかきたてる。

「ちっとも出さないから、わたしがイッちゃったじゃないの」

そう言って、玲香は祐一郎の顔の両脇に手を突いて、上から見おろしてくる。

気を遣った証《あかし》で、切れ長の目が妖しく潤んでいる。

「悪いね。出すように努力したんだが……」

玲香が目を細めて、祐一郎の顔を手でなぞってきた。

「早く済まそうと思ったのに、大家さんがいけないの。わたしの身体に火を点《つ》けたんだから。こうなったら、大家さんが出すまで帰さないから」

玲香が覆いかぶさるようにして、乳房を口許《もと》に押しつけてくる。

「ねえ、吸って……」

「いいの？　こんなにして」

「いいも何も……これは大家さんに家賃を待ってもらう代わりにサービスしているんだから。きちんと出してもらわないと、困るのよ。だから、吸って、乳首を……」

祐一郎はおずおずと乳房をつかみ、揉んでみた。

すると、柔らかくて量感のあるふくらみが指のなかでしなった。汗をかいているからか、じっとりとした乳肌が指に吸いついてくるようだ。

ちょっと強めに揉むと、ゴム毬《まり》のようなふくらみが形を変えて、くなくなと指にからみついてきて、

「ぁああ……いいわ。気持ちいいの……乳首を触って」

玲香がせがんでくる。

ひろい乳輪から二段式にせりだした乳首を指腹で挟んだ。ゆるゆると側面をなぞるだけで、

「んっ……ぁああ、そこ、弱いの……んっ、んっ……ぁあぅぅ」

玲香は右手の甲を口に当てて、かるくのけぞった。やはり、乳首は相当強い性感帯のようだ。

捏ねているうちに、乳首がいっそう硬くなって、飛びだしてきた。

玲香には子供ができなかったようで、いまだ赤子に乳首を吸われていないせいか、ちょうどいい大きさで、きれいな形をしている。

ごくっと生唾を呑み込んで、祐一郎は乳首を頬張った。

最近、慶子の授乳シーンをよく目にするせいか、自分が孫の大輝になったような気分だ。かるく吸うと、

「うんっ……！」

玲香ががくんと顔をのけぞらせたのがわかった。

女が感じてくれると、男も調子が出てくる。とくに、祐一郎は女体に触れるのはひさしぶりで、あまり自信がない。その不安が解消していく。

(乳首は確か、こうすると感じるんだったな)

祐一郎は押しつけられている乳房をつかみ、頂上に舌を走らせる。

上下に大きく舐めて、左右に細かく舌で弾《はじ》くと、

「んっ……んっ……ぁあああ、いいわ。いいの……」

祐一郎が同時にもう片方の乳首をつまんで、指でくりっ、くりっと転がすと、

「ぁああん、それ……」

玲香がいっそう激しく顔をのけぞらせた。

(そうだった……女は両方の乳首を同時にかわいがられたほうが感じるんだったな)

唾液でぬめる乳首を舌で刺激しながら、もう一方の乳首を捏ねるうちに、玲香の様子がさしせまってきた。

「ぁああ、それ、好きなの……ぁああ、ああ、腰が勝手に動くぅ」

玲香は胸を吸われて、背中をしなやかに反らせ、尻を高く持ちあげている。そのぷりぷりっとした尻が欲しくてたまらないというようにくねり動く。

祐一郎は次に反対側の乳首にしゃぶりついた。同じように舐め転がしながら、さっきまでしゃぶっていた乳房を揉みしだき、乳首を捏ねる。

「ああ、ねえ、また欲しくなったわ」

玲香が這うようにして、祐一郎の下半身のほうに移動していく。

祐一郎のそれは、長時間の勃起に耐えられずに、一応硬くなっているものの、挿入できるほどの硬度はない。

玲香は足の間に腰を割り込ませて、ほぼ真下から肉茎を握った。根元をつかんで、ぶんぶん振られると、それがぺちぺちとどこかに当たって、その刺激で力を漲らせてきた。

これを待っていたとばかりに、玲香が舐めてきた。裏筋に沿ってツーッ、ツーッと舌を走らせ、側面も舐めてくる。

信じられなかった。

祐一郎のイチモツはさっき玲香の膣におさまっていたばかりで、粘り気のある蜜がたっぷりと付着している。その汚れを厭《いと》うことなく、玲香はまるで自分が汚したものを掃除でもするように、丁寧に舐め清めてくれる。

（すごい女だ。いくら家賃を待ってもらうためとは言え、俺のような男のおチンチンを二度にわたって、しゃぶってくれるとは……）

玲香は舌鼓《したつづみ》を打って、裏筋を舐め、亀頭冠の真裏の包皮小帯をちろちろと舌であやしてくる。その間も、根元を握って、ゆるやかにしごいてくれる。

敏感な箇所を集中的に刺激され、根元のほうをしなやかな指で握り、擦られると、それがふたたびエレクトして、ギンといきりたった。

「すごいわ、大家さん……いくら出していないとは言え、また元気になった。お強いのね」

にこっとして、玲香が睾丸袋まで舐めてきたのには、驚いた。

玲香は祐一郎の膝をつかんであげさせ、あらわになった陰嚢《いんのう》に舌を這わせてくる。

「くっ……いいよ、そんなことまで……」

「このくらいは、普通でしょ？　少なくともわたしは、殿方にはこうしてあげてるわよ」

玲香はそれが当然とでも言うように、睾丸袋の皺《しわ》をひとつひとつ伸ばすかのように丹念に舌を走らせる。

祐一郎は睾丸を舐められたのは初めてだった。

（そうか……世の中のできる女はこのくらいのことをするのは当然なのか。俺は貧しいセックスしかしてこなかったのか？）

しかし、恥ずかしい。これは、大輝が紙オムツを替えられるときのポーズである。

きっと、睾丸どころか、肛門まで見えてしまっているだろう。

そのとき、片方の睾丸が玲香の口に吸い込まれていった。

（おっ……！）

びっくりしながらも顔を持ちあげて見ていると、玲香は睾丸を口のなかでくちゅくちゅとあやしながら、祐一郎のほうを見あげてきた。

ソバージュヘアが顔を半分以上隠していて、その隙間からのぞいた目が悪戯っ子のようにきらきらと輝いている。

玲香は睾丸を吐き出して、もう片方も同じように頬張った。そして、なかで舌を這わせてくる。

そうしながら、肉棹を握りしごいてくれているので、その相乗効果で分身はますますいきりたつ。

玲香は睾丸を吐き出すと、

「したくなったら、言ってよ」

そう言って、陰嚢から裏筋をツーッと舐めあげ、そのまま、上から本体を咥え込んできた。

指を離して、一気に根元まで頬張る。陰毛に唇を接するまで深く咥え込んで、肩で息をする。

分身をすっぽりと温かい口腔に包み込まれるのは、気持ち良かった。

それから、玲香はチューッと吸いながら唇を引きあげていく。

頬がぺこりと凹《へこ》んで、頬骨が浮きでている。鼻の下と唇が伸びている。

「くっ……ああ、気持ちいいよ」

思わず訴えると、玲香はちらりと見あげて、大きく唇をすべらせた。

ぽってりとした肉厚の唇が気持ちいい。

「んっ、んっ、んっ……」

ふたたび根元を三本の指でしごかれ、亀頭冠を中心に激しく唇で擦られると、甘い充溢感《じゅういつ》がひろがって、もう我慢できなくなった。

「玲香さん、そろそろ入れたいんだが……」

言うと、玲香がちゅぽっと吐き出して、顔をあげた。

「いいわよ。でも、今度はわたしを下にして。大家さん、上になって自分で好きなように動いたほうが、イケるでしょ？」

見あげる瞳はぼぅと霞がかかって、その妖しい雰囲気が祐一郎をかきたててくる。

「わかった。そうしよう」

祐一郎が起きあがると、入れ違いに玲香がベッドに仰向けになった。

白くむちむちした熟れた裸身を見ながら、祐一郎は膝をすくいあげる。

びっしりと繁茂した黒い翳りを見ながら、熟れたマンゴーのような女の証に切っ先を押しつけて、静かに挿入していく。

包容力の強い、まったりとした果肉が勃起にからみついてきて、

「くっ……！」

祐一郎は奥歯を食いしばった。

「ぁあああ……すごいわ！　くうぅぅ」

と、玲香がのけぞって、シーツを鷲《わし》づかみにした。

祐一郎は両膝の裏をつかんで押しあげ、さらに、開かせて、ゆったりとストロークをする。

「あっ……あっ……あんっ」

切っ先が奥のほうを突くたびに、玲香は声をあげ、たわわな乳房を波打たせる。

祐一郎も唸っていた。

やはり、上になって動いたほうが感じる。されるのとするのとは違う。自分はするほうが向いているのだろう。

打ち据えるたびに、ベッドがぎしっ、ぎしっと軋《きし》む。この音を聞いたのは、はるか昔だった。

横を見ると、閉められたカーテンの合わさるところに少し隙間があって、そこから、午後の陽光に照らされた街並みが見える。

一応東京都下だが、郊外の住宅地だから、あまり高い建物はなく、しらっちゃけた建物が連なっている。

（そうか……俺は自分の経営するアパートで、そこの店子を抱いているのだな）

もちろん、アパートの住人に手を出すのなど初めてである。

自分は踏み込んではいけない領域に足を踏み入れてしまった。だが、こういう色っぽい女に誘惑されて、拒める男などいるのだろうか？

「ああ、大家さん……オッパイを触って」

玲香の声が、祐一郎の自己呵責《かしやく》の思いを打ち消していく。

「こ、こうか……？」

祐一郎は膝を離して、前に屈み、右手で乳房つかんだ。

やはり、たわわである。柔らかく量感あふれる肉層が手のひらのなかでたわみ、柔らかな層がまとわりついてくる。

祐一郎はさらに覆いかぶさっていき、片手をシーツに突き、右手で乳首をいじった。硬くせりだしたままの突起を指腹で挟んで、左右にねじると、

「ぁああ、それ……くっ！　くっ……！」

玲香はすらりとした足を祐一郎の腰にからめ、引き寄せながら自分から恥肉を押しつけてくる。

腰を上へ下へと振るので、そぼ濡れた恥肉が擦りつけられ、勃起も膣に揉み抜かれて、ぐんと快感が高まる。

さっきとはちょっと違う。これは、もしかしたら、射精できるのではないか？

祐一郎はふくらみを揉みしだき、セピア色の突起を捏ねたり、引っ張ったり、ねじったりする。

と、乳首が強い性感帯の玲香は、声をあげながら、ますます下腹部を擦りつけてくる。

（こういうときは、確か……）

祐一郎は背中を折り曲げるようにして、乳首を舌であやした。

尖っている乳首を、れろれろっと舌で弾くと、

「ぁあああ、それ！　くうぅぅ、たまんない！」

玲香は両手を頭上にあげて、枕の縁《ふち》をつかんだ。

つるっとした腋の下があらわになるのを見ながら、祐一郎はなおも乳首を舐めしゃぶる。片方ではなく、もう一方も素早く舌を打ちつけ、さらに、チューと吸ったりする。

「ぁああ、ねえ、突いて……突いてよぉ」

玲香がピストンをせがんできた。

祐一郎は胸から顔をあげて、腕立て伏せのように両腕を伸ばし、玲香を見ながら、腰を強めに叩きつけた。

すると、玲香は足を大きくM字に開いて、屹立を深いところに導くので、祐一郎も征服感が強まる。

「あんっ、あんっ、あんっ……いいの、いいのに……奥に届いているぅ。いいのよ、もっと奥を突いてぇ」

玲香は祐一郎の両腕をつかんだ。ぎゅっと握って、下から潤みきった瞳を向けてくる。

細められた目は涙を浮かべているように潤んで、きらきらと妖しく光っている。

(ああ、女が感じているときの目だ!)

女にこの目をさせるのは、いつ以来だろう? 思い出せないほどだ。

「よし、メチャクチャにしてやる」

祐一郎は残っているエネルギーを費やして、つづけざまに腰をつかった。屹立が熱く滾った蜜壺を激しく突いて、擦りあげ、

「ぁあああぁんん……ねえ、また、イクわ。イキそうなの……大家さんもいいのよ。出していいのよ。中出しして!」

玲香が両手でシーツを持ちあがるほどにつかんで、訴えてくる。

祐一郎もこの機会を逃したくはなかった。

体力も尽きかけている。今、放たなければ、もう射精は無理だ。

出したい。女のなかに出したい——。

祐一郎は上体を立てて、ふたたび玲香の膝裏をつかんで押しあげた。開いて、膝が腹に突かんばかりに押しつけて、腰を躍らせる。

すると、膣と勃起の角度がちょうどよくて、挿入が深くなった。

(ああ、これだ! この体位が自分のもっとも射精しやすい形だった!)

祐一郎はふんと丹田《たんでん》に力を込める。すると、少しだが肉棹が上を向き、それで抜き差しをすると、

「ああん、これよ！　いいわ。いい……おチンチンがいいところを擦ってくる。子宮に届いてるぅ！　そうよ、そう……あんっ、あんっ、あっ……ねえ、ちょうだい。ちょうだい！」

玲香がせがんでくる。

期待に応えようと、祐一郎も最後の力を振り絞った。

ごく自然に膝の裏をつかむ指に力がこもって、親指が太腿に食い込んでいる。痛いのではないかと思うのだが、大きな快感の前でそんな痛みなど気にならないのだろう。いや、むしろ、それがスパイスとなっているのではないか？

そう思ってしまうほどの、玲香のよがりようだった。

「あんっ、んん……ぁあんんん……ぁあああ、ぁああうぅ……あんっ、あんっ、あんっ……ああ、ねえ、イク……また、イッちゃう。ぁあああ、もうダメっ……ちょうだい。なかにちょうだい……いいのよ。熱いミルクをください。玲香のなかにぶっかけて……あぁぁぁぁ！」

玲香がのけぞりながら、シーツを鷲づかみにする。

左右の足の親指がのけぞりかえっている。

「おおぅ、いくぞ。出すぞ！」

祐一郎のなかでも、甘い陶酔感がさしせまったものに変わっていた。

「あんっ、あんっ、あんっ……」

「そうら、出すぞ、出す！」

祐一郎は射精寸前の肉棹をぐいぐい押し込み、入れきったところで腰をまわして、扁桃腺《へんとうせん》のようなふくらみを押し潰す。

と、祐一郎にもあの瞬間が来るのがわかった。その前に、玲香をイカせたい。

奥歯を食いしばって、もうこれ以上は無理というところまで奥深く突き刺したとき、

「ぁあああああ、イクイク、イク……イキます。うはっ！」

玲香がシーツを握りしめて、大きくのけぞった。

仄白い喉元をさらし、首も胸も反らしている。

(今だ……！)

祐一郎は二度、三度とピストンし、止《とど》めとばかりに奥に打ち込んだ。その瞬間、熱いものがすごい勢いで迸っていく感触があった。

「うおおぉぉ……！」

ひさしぶりの中出しに、芳烈な快美感が下腹部から脳天にまで駆け抜けていく。

「おっ、あっ……」

祐一郎はぴったりと下腹部を密着させたまま、がくっ、がくっと震えていた。

苦しい、と感じるほどの強烈な放出だった。

至福の時が終わり、祐一郎は膝を離して、がっくりと女体に覆いかぶさっていく。

玲香のしっとりと汗ばんだ肌が心地よい。

息が切れていて、はあはあはあという荒い息づかいがちっともおさまらない。

「大家さん、大丈夫？」

玲香が頭を撫でてきた。

「ああ、平気だよ、このくらい」

見栄を張った。

「よかったわ。大家さんを見直したわ。まだ、お若いわ」

「そうかな……そうだといいんだが……」

祐一郎はようやく身体を離して、すぐ隣にごろんと横になった。

「わたし、そろそろ店に出る準備をしなくちゃいけないから。シャワーを浴びてくるわね。大家さんはしばらくここにいていいから」

「ああ、だけど、すぐに帰るよ」

玲香がベッドを降りて、黒いスリップをつかんで、バスルームに向かう。

すぐに、シャワーを使う音が聞こえてきた。

これ以上、店子の部屋にいるのも憚《はばか》られる。

まだもう少し体を休めていたかったが、自分を鼓舞して、ベッドから降りた。そして、下着をつけ、服を着た。身繕《づくろ》いをととのえて、

「お世話になったね。行くから」

バスルームに向かって声をかけると、

「お家賃の件、よろしくね」

なかから、玲香の声がした。

「ああ……わかってるよ」

そう言って、祐一郎は部屋を出た。

共有の通路に出ると、急に風が吹いてきて、祐一郎はぶるっと震えた。

第三章　甘美なしずく

1

翌日、朝食のテーブルを二人で囲んでいると、慶子が小首を傾《かし》げた。

「お義父《とう》さま、何かありましたか？」

「えっ……いや、何もないけど……」

「でしたら、いいんですけど……昨日の夜から、お義父さま、いつもと違うような気がして……今朝も、わたしの顔をまともに見ようとしない」

慶子が眉をひそめた。

昨日、いくら誘われたとは言え、東尾玲香と寝てしまった。玲香は店子であり、絶対に抱いてはいけない相手だった。そのことで、慶子に何か申し訳ないことをしたような気がして、まともに目を見られなかったのだ。

「そうかな？　いや、何もないよ」

「そうですか？」

「ああ、ほんとうだよ」

祐一郎はしらを切りとおす。アパートの住人である未亡人を抱いてしまったなどとは、口が裂けても言えない。

「でしたら、いいんです。すみません」

「いや、いいんだ。それだけ、慶子さんが私を気にしてくれているってことだから、うれしいよ」

「だって、お義父さまに何かあったら、困りますから」

慶子がかわいいことを言うので、祐一郎はいっそう罪悪感が湧いてきた。だが、それを押し隠して、アジの開きを食べていると、慶子が言った。

「あの……」

「何だい？」

「アパートの東尾さんに、誘われたんです。三日後に、未亡人会を開くから、わたしを招待しますって……どうしたら、いいでしょうか？　お義父さまはどう思われますか？」

慶子が箸《はし》を止めて、真剣な表情で訊いてくる。

「そうか、誘われたか？」

「はい……」

「何しろ、うちのアパートは『未亡人ハイツ』と呼ばれているらしいからね。私も、東尾さんからは時々、未亡人会を開くんだって聞いてはいたんだが……」

祐一郎はそう話しながら、どう答えようか迷っていた。

寡婦として同じ悩みを抱えている先輩と話をするのは、慶子にとってはいいことだろう。しかし、祐一郎は玲香を抱いてしまったのだ。

酔った勢いで、そのことを慶子に話されたら、困る。

「で、慶子さんとしてはどうなの？」

「わたしは……話を聞いてみたい気持ちはあります。同じ境遇の方が三人もいらっしゃるんだから……」

「やはり、未亡人なりの悩みというのはあるんだろうね？」

祐一郎は慶子をさぐってみた。

「……ええ、それはあると思います」

「慶子さんも？」

「わたしは……お義父さまによくしていただいているので、あまりありません」

「そうか……」

ウソかマコトか知らないが、そう言われると、祐一郎としてもホッとする。

「でも、これからきっといろいろな問題が出てくるでしょうから、人生の先輩からいろいろとお話を聞いておきたいというのはあります……」

慶子が上目づかいで、祐一郎を見た。その悩ましい上目づかいにドキッとしながらも、慶子はやはり未亡人会に出たいのだろうと思った。

「だったら、行ってらっしゃいよ」

「でも、その間、大輝が……」

「大丈夫だよ。私が面倒を見るから。どうしようもなくなったら、あなたに電話をするから。会はうちのアパートで開くんだろ？」

「はい、そうおっしゃっていました。そのほうが、他人の目や耳を気にしなくてすむからと……」

「だったら、いいじゃないか。うちとは目と鼻の先だ。いざとなったら、連絡をするから、ゆっくりとしてきたらいいよ」

「すみません」

「いいんだ。よし、三日後だったな。大輝のことは私に任せて、行ってらっしゃいよ」

「ありがとうございます。お言葉に甘えて、そうさせていただきます」

「そうしなさい」

祐一郎は、自分とのことを玲香が喋ってしまうのでないかとの不安もあった。

（まあ、いい……玲香さんには電話で釘を刺しておこう。向こうも家賃の件で負い目があるから、黙っていてくれるだろう）

祐一郎は味噌汁をすすり終えて、

「ごちそうさま。美味《おい》しかったよ」

慶子をねぎらって、席を立った。


その夜遅く、祐一郎はなかなか寝つかれなかった。寝酒でもしようと一階に降りていき、リビングに向かったとき、オープンキッチンになっているカウンターの向こうから、女の苦しそうな呻き声とともに、何かがステンレスのキッチンを打つ音が聞こえてきた。

（うん……慶子さんのはずだが、何をしているのだろう？）

そっと近づいていくと、オープンキッチンのカウンターの向こうに、二つの乳房が仄白く浮かびあがっていた。

（えっ……？）

一瞬、何が起きているかわからなかった。

目を凝らすと、慶子は片方の乳房を両手で包み込むようにして、搾っている。

そして、美しいピンクの乳首から白い液体が繭《まゆ》の糸のように放たれて、その幾重にも分かれた筋が、ステンレスの流し台に当たり、小さな音を立てているのだ。

（……搾乳か？）

慶子は母乳の出がよすぎて困っていると言っていたから、母乳をこうやって搾って、捨てているのだろう。

（もったいない……しかし、そそられるな）

慶子が搾乳をしているのは見るのは初めてだった。

祐一郎はリビングに置かれたサイドボードにそっと隠れて、カウンターの蛍光灯に浮かびあがった光景に見とれた。

パジャマ姿の慶子は、上着をたくしあげて乳房をあらわにし、ふくらみの裾野を両手で挟みつけ、ふくらみを真ん中へと搾っている。

搾るたびに、乳首から何本かの細い糸のようにミルクが飛び散って、ステンレスの流し台を打つ。

よく見ると、乳首の表面には、米のとぎ汁に似た半透明の露《つゆ》が玉のようになって、付着している。

(すごいな。慶子さん、ミルクタンクの性能がいいんだな。そういうふうには見えないんだが……しかし、もったいない。捨てるくらいなら、俺が呑んでやるのに)

息子の嫁が赤ちゃんに授乳したり、搾乳するのを、見て見ないフリをするのが、義父なのだ。それはわかっているが、どうしても見ずにはいられなかった。

(見事なオッパイだ。授乳をやめると、このオッパイもしぼんでしまう……今が最盛期なんだろうな)

サイドボードからついつい身を乗り出していた。突然、慶子が顔をあげたので、目と目が合ってしまった。

「あっ……！」

慶子がとっさに乳房をパジャマで隠し、

「すみません。お乳が張ってしまって……」

申し訳なさそうに目を伏せた。

「いいんだよ。あまった母乳を搾るのは当然だ。ゴメン。見るつもりじゃなかったんだが……」

「いいえ、ここでしていたわたしがいけないんです。すみません」

「いいんだって……つづけなさい。こっちは寝酒でもしようと、降りてきただけだから……ちょっと失礼するよ」

祐一郎がサイトボードからバーボンウイスキーを取り出していると、慶子がまさかのことを言った。

「お義父さま、覚えていらっしゃいますか?」

「えっ、何を?」

「以前に、わたしの母乳を一度でいいから、呑んでみたいとおっしゃったことを……」

「あ、ああ……覚えているよ」

「あの……呑んでみますか?」

「えっ、本気で言ってるの?」

「はい……もったいないですし」

慶子が明るく微笑んだので、気が楽になった。

「確かに、もったいないな」

「……どうしようかしら？ 搾乳機で搾ったほうがいいんですが、じつは、わたし、搾乳機を使うと、乳首が痛くなってしまって……」

「そうか……それは困ったね」

「バスルームを使いましょうか？ あそこなら、ミルクで汚れてもすぐに洗い流せますし……お義父さまはそれで大丈夫ですか？」

「もちろん……あなたのオッパイを呑めるなんて、すごく楽しみだよ」

「ふふっ、男の方って、よく一度でいいから母乳を呑んでみたいと言いますものね。お義母《かあ》さまのオッパイは呑まれなかったんですか？」

「ああ……当時はそんな余裕もなかったな。女房もきっと許してくれなかっただろうね。そういうことはしない、つまらない人だったから」

「……バスルームに行きましょうか？ 早くしないと、大輝が目を覚ましたら困ります」

「ああ……」

慶子の後を追って、祐一郎もバスルームに向かう。

たっての願いがひとつ叶うのだから、わくわくする。

母乳は大人の男が呑んだところで、そんなに美味《うま》いものではないと言う。祐一郎は別に美味いミルクを呑みたいと思っているわけではない。愛する息子の嫁の母乳を一度でいいから口にしてみたい。それは好奇心のようなものだ。

慶子は、お湯の抜かれたバスルームの洗い椅子に腰かけて、

「お義父さま、そこに膝を突いてください」

と、マットの敷かれた場所を指さす。

祐一郎はその場所にパジャマ姿で両膝立ちになる。

「あの……直接呑んでいただくわけにはいかないので、そこで、ミルクを口で受けてください。すみません」

「ああ、なるほどね……」

「四方八方に飛び散りますから、パジャマが汚れますが、脱がれますか？」

「いや、別にかまわないよ。あとで洗濯すればいいんだから」

「では、いきますよ」

慶子が洗い椅子に腰かけたまま、パジャマの上着をたくしあげた。と、下側のふくらみの充実した乳房が片方だけ見えた。

祐一郎はごくっと生唾を呑んでいた。

「恥ずかしいから、あまり見ないでください」

「ああ、わかった。ゴメン、ゴメン……」

そう謝って、祐一郎は口を開けた。自分が、親鳥から餌をもらう雛鳥のようだ。

「いきますよ」

慶子が向かって右側の乳房を両手でつかんで、ぎゅうっと搾った。

すると、ピンクの乳首から白い液体が放射状に飛びだしてきて、それが、祐一郎の顔面を打った。

「ああ、ゴメンなさい。やっぱりひろがってしまいますね。もう少し、口を近づけてください」

「こ、こうか？」

祐一郎は乳首に触れんばかりの距離に顔を寄せる。

透きとおるようなピンクの乳輪と乳首が目の前にある。そして、乳首には米のとぎ汁みたいな白いミルクが付着して、玉になっている。

（吸いたい……！）

という強烈な欲望を必死に抑えた。

「それでいいです。いきますよ」

慶子が乳首の根元をぎゅうと押すようにした。すると、白い母乳がまとまってあふれでて、それを祐一郎は口の位置を調節して、受け止める。

最初に感じたのは、母乳の温かさだった。

わずかに甘いが、ちょうど牛乳を薄くしたような味覚がある。

祐一郎は口をいっぱいに開いたまま、溜まったミルクをごくっ、ごくっと嚥下《えんげ》する。

聞いていたより、美味しい。

淡い味だが、微妙な味覚もあって、呑みやすい。

「呑めていますか？」

慶子が訊いてくる。

祐一郎は口を開けて受け止めながら、こくっとうなずく。

「次は反対側のオッパイを搾りますね」

そう言って、慶子が向かって左側の乳房をあらわにして、充実したふくらみの頂点を押すようにする。

と、白い液体が勢いよく飛びだしてきて、それが顔面にかかった。

「ぐふっ、ぐふっ」

祐一郎が噎せると、

「ゴメンなさい。もう少し、口を近づけてください」

慶子の声がして、祐一郎は思い切って顔を寄せた。

もうあと数センチで、じかに乳首や乳房に触れてしまう距離である。

慶子が乳房を搾ると、乳首からチューッーと白い液体が迸って、それが祐一郎の口腔を打った。

「呑めていますか？」

祐一郎はうなずき、ごくっ、ごくっと溜まったミルクを嚥下する。

さっきより、大量に呑めている。

（ああ、俺は慶子さんのオッパイを呑んでいる！）

祐一郎は昂奮してきた。

飛び散って付着した母乳の、甘い香りが祐一郎を包み込んでいる。祐一郎は至福を感じた。

慶子の息子になったような気がする。それだけではなく、倒錯的な悦《よろこ》びがある。

祐一郎はもっと呑みたくなって、顔を近づけていた。そのとき、ちょうど慶子が前屈みになったので、唇が乳首に触れてしまった。

「あんっ……！」

慶子がびくっとして、身体を引いた。

(かるく触れただけなのに、慶子さんは感じたぞ！)

祐一郎は気持ちを抑えられなくなった。

体が勝手に動いていた。気づいたときは、慶子の乳房にしゃぶりついていた。

慶子の上体を抱き寄せながら、片方の乳首に吸いつく。

「あっ……ダメです。お義父さま、ダメっ……」

慶子が突き放そうとした。

だが、本能が理性に勝っていた。祐一郎は慶子を抱き寄せ、乳首をしゃぶった。

貪り吸うと、ほんのりと甘い母乳が吸われて、分泌され、祐一郎の口腔を満たした。

「ぁあぁ、ダメですって……お義父さま、ダメ……ダメっ……ぁあぅぅ」

慶子が最後には、女の声をあげた。その生々しい喘ぎが祐一郎をいっそう昂奮させた。

(こんなことをしたら、慶子さんに嫌われてしまう。せっかく上手くいっていた関係が壊れてしまう……)

そんなことは重々承知している。だが、世の中にはわかっていても、止められないことがある。

祐一郎は右手で反対の乳房を揉みしだき、こっち側の乳首を吸い、さらに、吐き出して、舐め転がす。

と、慶子の態度が変わってきた。

「ダメです……ダメ……ぁあああうぅ……お義父さま、いけません……ぁああああうぅぅぅ」

と、顔をのけぞらせた。

(ああ、感じているんだな)

祐一郎は我慢できなくなって、慶子の太腿を撫であげ、そのまま股間へと手を這わせた。

パジャマのズボン越しに、柔らかく沈み込む女の谷間に手を押し当てて、やわやわと揉み込みながら、乳首を吸った。

「ああ……ぁあああうぅ……ぁああああぁぁ」

慶子の腰が振れて、女の谷間が手のひらに擦りつけられる。

ごくっ、ごくっと母乳を吸ううちに、祐一郎のイチモツが力を漲らせてきた。

「慶子さん……触って」

細い手首をつかんで、自分のズボンの股間に押しつけた。すごい勢いでいきりたっているものに驚いたのか、慶子はハッとしたように手を引こうとする。その手を引き寄せて、ふたたび押しつけると、慶子の抵抗がやみ、勃起を握ったままになった。

息づかいが乱れ、細かく震えはじめた。

調子に乗った祐一郎が、その手をパジャマの内側へと差し込もうとしたとき、

「いやっ……！」

慶子は祐一郎の手を振り払い、洗い椅子から立ちあがった。

ふらふらしながらバスルームを飛びだしていく慶子。その後ろ姿に声をかけた。

「好きなんだ。慶子さんが！」

慶子は一瞬立ち止まったものの、すぐに、洗面所から廊下へと足早に去っていった。

2

その日、祐一郎は大輝を預かって、面倒を見ていた。

慶子は、『田代ハイツ』で行われている未亡人会に出席していて、祐一郎は慶子が帰ってくるのを待っている。

三日前に、祐一郎は我慢できなくなって、乳首に吸いついてしまった。

なぜ、あんなことをしてしまったのか、自分でもわからない。

しかし、それを言うなら、慶子だってそうだ。

義父に、自分の母乳を呑むように誘ったのだ。あんなことをされれば、どんな男だって我慢できなくなる。

もちろん、慶子には作為も誘惑の気持ちもなく、純粋に祐一郎に母乳を味わわせてあげたいと思っただけなのかもしれない。たぶん、そうだったのだろう。

悪いのは祐一郎のほうだ。欲望に負けたのだ。

翌日、慶子は何事もなかったかのように、接してくれた。いや、接しようとしていた。だが、瞳の奥のほうに、複雑な思いが渦巻いていることが見て取れたし、この二日間、二人の関係はぎこちなかった。

当たり前だろう。嫁が好意でしたことを、義父が裏切ったのだから。

それに、問題なのは、祐一郎が慶子に、『好きだ』と打ち明けてしまったことだ。

たとえ二人の間に、男と女の愛情があったとしても、義父と義娘はそれを隠すことによって成り立つのだ。祐一郎に気持ちを告白されては、慶子だって困るだろう。

慶子が出掛ける前に、オッパイをいっぱい呑んで満足して眠っていた大輝が、急にぐずりだした。

(こういうときは、まずはオムツを……)

と、祐一郎は紙オムツを替えてやる。

それでも、泣き止まないので、大輝を縦抱きにしてあやした。家のなかを移動しながらあやしているうちに、泣き止んだ。

しばらく抱いていると、大輝がこっくりこっくりやりはじめたので、そっとビベービッドに置く。

時計を見る。すでに、夜の九時を過ぎている。

出掛けていったのが午後六時頃だったから、もう三時間もいることになる。これだけ一緒にいられるということは、やはり、夫を亡くした者同士、相通じるところがあるのだろう。

(慶子さんも先輩たちから、いろいろなことを学べばいい)

などと思っていたとき、玄関のドアが開く音がして、

「お義父さま、帰りました」

という慶子の声が聞こえた。

(んっ……酔っているのか？)

一言《ひとこと》聞いただけで、慶子の呂律《ろれつ》がまわっていないことがわかった。どことなく甘え

たような調子だ。

祐一郎が玄関に迎えに行くと、慶子は乱暴にローファを脱ぎ、廊下にあがり、

「すみませーん。わたし、呑まされてしまいました……」

リビングに向かおうとして足がもつれ、そこにいた祐一郎につかまった。

息が酒臭いし、色白の肌も紅潮し、目の縁などは朱をはいたように色っぽく染まっている。慶子がもたれかかってきた。

その身体のしなりや柔らかな肉層を感じながら、

「大丈夫か？　だいぶ、呑まされたようだね」

「はい……すみません。赤ちゃんがいるからダメだって言ったんですが、たまには酔って、息抜きしたほうがいいと言われまして……大輝は大丈夫でしたか？」

足をもつれさせながらも、やはり母親だ。こんなときにも息子のことが気になるのだろう。

「ああ、今は眠っているよ」

「いい子でしたか？」

「ああ、あまりぐずったり、大泣きすることはなかったね」

「よかったわ……」

母親はたとえ酔っていても、いざ子供のこととなると、しゃんとするのだろう。

慶子がベビーベッドのなかを覗き込んだとき、大輝が目を覚まし、母親だとわかったのだろう、何かをせがむかのように泣きはじめた。

「あらら、そうよね。お腹すきましたでちゅか？　今あげますからね、ちょっと待ってね」

と、大輝をベッドから抱き起こし、

「すみません、今、ミルクを作りますから、お義父さま、少し抱いていてください。お酒を呑んでしまったので、母乳をあげられないんです」

祐一郎が大輝を手渡されてあやしている間に、慶子は粉ミルクを溶いて、ミルクを作っている。

母体がアルコールを摂取すると、アルコール分が母乳に混ざってしまうから、授乳できないのだ。

ミルクを入れた哺乳瓶を慶子が持ってきたので、大輝を慶子に手渡した。

すると、慶子はソファに座って、大輝を横抱きにして、ミルクをやりはじめた。

大輝は哺乳瓶のゴムの吸い口を懸命に頬張って、こくっ、こくっと人工ミルクを元気に呑む。

今は亡き息子の嫁が、二人の愛の結晶にミルクをあげている幸せな光景を見ながら、未亡人会について訊いてみた。

「会はどうだった？」

「はい……呼んでもらって、よかったです。みなさん、連れ合いを先に亡くした先輩ですから、いろいろなことを聞けました。やはり、未亡人ってすごく大変なんです。物理的にも精神的にも。他人の目もあるし……」

「……そうか」

「でも、みなさん、やさしくしてくれて……」

祐一郎は、先日の玲香とのことを告白されるのではないか、と不安だったが、それはなかったようだ。

しばらくすると、大輝が満腹したのか、眠ってしまった。

「あの……大輝を二階に寝かせつけてきます。この子、最近は夜にはぐっすりと眠るようになって、お蔭さまで、私も随分と楽になりました」

慶子が言う。

「二階に連れていくのか？」

「はい……」

「慶子さん、酔っているから心配だな。あがっていく途中で落としたら困る。よし、私が連れていくよ。貸しなさい」

祐一郎は大輝を受け止めると、横抱きにしたままリビングを出て、二階への階段をあがっていく。その後を、慶子がついてくるのだが、やはり、足元が覚束ない。だいぶ呑まされたようだ。

（まあ、仕方がない。育児ストレスが少しでも解消すれば……）

祐一郎が母子の寝室のベビーベッドに大輝を寝かせると、

「わたしはもう少しここにいて、着替えをしてから下に降りていきます」

慶子が言うので、祐一郎は先に階下へと降りていった。

ソファに座って、テレビをぼんやりと眺めていると、慶子が階段を降りる足音がした。やはり、そうとう酔っているのだろう。やけにゆっくりとした足音である。

リビングに現れた慶子は、ワンピースに見えてじつは上と下が分かれている授乳用の部屋着を着ていた。

祐一郎は声をかけた。

「大輝は寝たんだね？」

「はい……すみません。運んでいただいて……わたし、自分が思っているより酔っているみたいですね」

うつむいて、慶子がソファの隣に腰をおろす。

かるく波打つセミロングの髪が乱れて、頬にかかっている。その顔はいつもよりピンク色にてかっている。顔ばかりでなく、首すじや肩もところどころ朱に染まっている。

（しかし、慶子さんは酔うと格段と色っぽくなるんだな）

これまで、慶子が酔っているところは見たことがなかった。

祐一郎に、酔って、乱れているところは見せたくなかったのだろう。

今、初めて酔っぱらっている慶子を見て、祐一郎は不思議な高揚を感じてしまう。

「お義父さま……」

「何だ？」

「オッパイが張っているんです。アルコール分の入った母乳は大輝には絶対に呑ませられないし……お義父さま、呑んでもらえませんか？」

祐一郎は驚いて、まじまじと慶子を見てしまった。

「いやですか？」

「いや、すごくそうしたいよ。でも、慶子さんは大丈夫なの？　この前、いやがっていたじゃないか」

言うと、慶子が祐一郎の腕をつかんで、身体を寄せてきた。

「あれはお義父さまがいきなり、吸ってきたから……わたし、寂しいんです。どうしようもなく寂しいの……」

慶子が胸を押しつけてきた。たわわなふくらみがぶわわんと弾《はず》む。

「孝介さんが忘れられないんです……みなさん、今のうちに悲しみなさい、涙を流しなさいとおっしゃる……そうするしかないんです。でも、わたし、すごく苦しい。身体が苦しい……」

そう言って、慶子が祐一郎の顎の下に顔を埋めてきた。

突然の告白に、どう答えていいのかわからず、祐一郎は無言でその肢体を抱きしめる。

これほどまでにも思われて、孝介は幸せ者だ。

慶子は精神的にも肉体的にも、息子を忘れられないでいる。一年以上経っているというのに。それほどに愛情深い慶子が愛おしくなる。

だが、孝介はもうこの世にはいないのだ。その肉体はもうないのだ。孝介の胸板もおチンチンももうこの世には存在しないのだ。

しかし、慶子はその肉体が欲しい。その雄々しくエレクトした肉の柱で、子宮まで貫かれたいのだろう。

「……私ではダメか？　息子の代わりをする。あなたを残して逝ってしまった息子の責任を取るよ」

口に出してしまい、何て破廉恥《はれんち》なことを言っているのだと自分を笑いたくなった。

そんなことを言われても、慶子は困るだけだろう。慶子が愛しているのは、息子であって、祐一郎ではないのだから。

と、ソファに腰かけている慶子が、自分の膝を叩いて言った。

「お義父さま、ここに頭を乗せてください」

「……どうするの？」

「オッパイをあげたいんです。このオッパイはアルコールが混ざっていて、どうせ大輝にはあげられないんです。ですから、わたしもなるべく早く出してしまいたいんです」

「ああ、なるほどな……」

「それに……お義父さま、お酒が好きだから、ミルクカクテルはお好きじゃないかなって？」

冗談ぽく言って、慶子が微笑んだ。

「そうだな、ミルクカクテルはぜひとも呑みたいよ……よし、呑ませてもらおうかな」

祐一郎はソファに横になって、仰向けになった。

すると、慶子がカットソーの裾をめくりあげて、さらに、ブラジャーをおろしたので、ぶるんっと乳房が転げ出てきた。

見事なふくらみだった。

おそらくミルクが充満しているのだろう、ミルタンクは丸々として張りつめ、白い乳肌からは青い血管が透けだし、乳輪も乳首も神々《こうごう》しいほどのピンクに輝いている。

驚いたのは、すでに乳首から幾つもの白い玉のような母乳が、滲みだしていることだ。

「なるほど。これでは、オッパイが張るはずだな」

「はい。わたしのためだと思って、吸ってください。呑んでください」

そう言う慶子の目には、女の妖艶《ようえん》さと母親のやさしさが同時に感じられた。

3

祐一郎は向かって左側のふっくらとした乳房をつかみ、おずおずと乳首に吸いついた。

「んっ……！」

びくっとして、慶子が声を押し殺した。

感じているのだ。

乳首を舌で愛撫しようかとも思ったが、その前に、母乳がじんわりと口腔にひろがってきた。

(そうか……これはとにかく吸わないと、あふれてしまう)

チューッと吸うと、濡れた突起が哺乳瓶のゴムの吸い口みたいに伸びて、じんわりと温かく、牛乳を薄めたような味覚がひろがった。

母乳はよく生臭いとか酸っぱいとか言われるが、今呑んでいるものはまったくそういうところはない。アルコールもまったく感じられずに、淡い甘さが口腔にひろがった。

吸えば吸うだけ出てくる栄養満点の恵みを、ごくっ、ごくっと嚥下する。

「呑めていますか、お義父さま？」

慶子が訊いてくる。

ほぼ真上に慶子のやさしげな顔があった。

(ああ、そうか……赤ちゃんはいつもこうやって母親の顔を、母乳を呑む恍惚のなかで見ているのだな)

祐一郎がうなずくと、慶子が口角を吊りあげた。

そして、上から髪を撫でてくる。祐一郎はうっとりとして、ミルクを吸いつづける。

どうやら吸い方にコツがあるようで、同時に乳房のつかみ方というか、揉み方にもコツがあるようだ。

試行錯誤しながらも、こくこくと呑みつづけた。

「オッパイって、吸われると余計に出るんですよ。ふふっ、お義父さま、吸うのが上手いわ。大輝より上手ですよ」

そう慶子が上から微笑みかけてくるので、祐一郎も恍惚としてきた。

成分無調整牛乳を薄くしたような清らかな味がする。それが喉を動かすたびに、なめらかな喉越しでもって、食道へと落ちていく。

「お義父さま、今度は反対側を……」

言われて、祐一郎が乳首を吐き出すと、少し長く伸びた乳首にミルクが付着していて、慶子がそれをガーゼで拭った。

慶子が反対側の乳房を押しつけてくる。祐一郎は、すでに白い液体が滲んでいたので、それを舐めたところ、

「あんっ……！」

慶子がびくっと震える。

祐一郎がその乳首につづけざまに舌を走らせると、

「んっ……んっ……ぁああ、ダメですよ、赤ちゃんはそんなことしません」

慶子が言う。

「ああ、ゴメン……だけど、私は赤ちゃんじゃないからね。れっきとした大人の男だから」

そう言って、祐一郎はまた乳首を舐めた。

根元のほうをつまんで、せりだしてきた突起を舌でゆっくりと上下に舐め、さらに、細かく速く横揺れさせると、舌が硬くなった乳首を横に弾いて、

「んっ……ダメです、いけません！　あっ……あっ……ぁあうぅ、ダメっ、ぁああ

うぅぅ」

慶子が顔をのけぞらせるのが見えた。顎をせりあげて、湧きあがるものを必死に耐えている様子である。

祐一郎は先日とは違う気持ちになっていた。一昨日は、ついつい乳首を吸ってしまっていた。だが、今回は違う。いわば確信犯のようなものだ。

慶子は、寂しいと、身体が苦しいと訴えていた。祐一郎も息子の代わりになりたいという自分の気持ちを伝えた。

その上で、慶子は祐一郎に乳首を吸わせた。

ということは、やはり、慶子の心のどこかで、疼いた身体を満たしてほしいという気持ちがあるのだ。だから、いいのだ。これは、自分だけでなく、慶子も密かに望んでいることなのだ。

祐一郎は口の周囲を母乳で白く汚しながら、片方の乳首を舐め転がした。そして、もう一方の乳房もつかんで、揉みしだいた。

これはどう見ても、祐一郎は慶子を感じさせようとしている。大人の愛撫を行っている。だが、いいのだ。二人はこうするしかないのだ。

祐一郎はいっぱいにせりだしている乳首を舌で転がし、吸いつき、母乳をごくっ、ごくっと嚥下しながら、もう一方の手で反対側の乳房を揉んだ。

「ぁあああ、はあ、はあ、はあ……ぁああ、いい、いけません。お義父さま、そんなことをされると、わたし……」

慶子がさしせまった様子で言う。

「いいんだ。私は慶子さんを満たしてあげたいんだ。慶子さんも、いいんだよ。感じて、いいんだよ……私を、私を孝介だと思えばいい」

祐一郎が言うと、慶子は首を左右に振った。

わずかに残っている理性を必死に奮い立たせているのだ。それはそうだろう。

慶子にとって、祐一郎は自分が愛した夫の父親なのだから。

「慶子さん、いいんだよ。私を孝介だと思って……孝介はこうやって、乳首をいじったのかい？」

祐一郎は片方の乳首を吸い、舐め転がしながら、反対側の乳首を指で挟んで、捏ねまわした。すると、そっちの乳首からもミルクがあふれて、祐一郎の指を濡らす。

「あっ……あっ……ぁあああ、ダメっ……わたし、乳首が弱いんです。だから、だから……ぁあああぁぁ、お義父さま、許して……」

慶子が崩れそうな理性を奮い立たせて、訴えてくる。

「俺はお義父さんじゃない。孝介なんだよ。ほら、孝介って呼んでごらん」

「……無理です」

「無理じゃない。呼んでごらん」

「……こ、孝介さん……孝介さん、慶子、もうダメっ……欲しいの。孝介さんのこれが欲しい」

慶子が手を伸ばして、仰向けになっている祐一郎の股間に触れてきた。

それはすでに勃起していて、ジャージのズボンを高々と持ちあげている。

「おっ、くっ……」

そこをしなやかな指で握られて、祐一郎は唸る。

関節のふくらみの少ないすらりとした指で股間を撫でられると、そこから快美感の電流が流れるようで、祐一郎はあまりの快感に震えた。

「すごい。こんなになって……」

慶子が上からやさしい目で祐一郎を見おろしながら、イチモツをズボン越しにマッサージしてくる。

分身はますますいきりたち、祐一郎にもオスの欲望が滾ってくる。

（もっと慶子さんを感じさせたい……！　すべてを忘れさせてあげたい）

祐一郎は思い切って体を起こし、慶子をソファに寝かせた。

上から見ると、慶子は自分がしてはいけないことをしていることを恥じるように顔をそむけた。

「慶子さん……あなたが好きだ。べつに、あなたを自分のものにしようとか、孝介から奪おうとかじゃない。ただ、あなたを愛したい。それだけなんだ……孝介の代わりになるよ。あなたを愛させてくれ」

思いを込めて言う。

と、慶子がそむけていた顔を戻して、下からじっと祐一郎を見あげた。

祐一郎の肩と背中に手をまわして、ぎゅうと抱き寄せる。

「……慶子さん……」

さすがに、唇へのキスはできなかった。

祐一郎は顎の下に顔を埋め、そして、ちゅっ、ちゅっと首すじから肩にかけて、キスをする。

それから、カットソーをめくりあげ、まろびでた胸のふくらみに顔を擦りつけた。

そこは、ミルクをぶちまけたような甘い芳香に満ちていた。

出産が近づくにつれて急速にふくらんできた乳房は、風船が内部の空気圧でぱんぱんにふくれあがったような丸みと張りを持っており、しかも、色が白いためか、薄く張りつめた乳肌からは青い血管が幾重にも透けだしていた。

祐一郎は赤ん坊のようにしゃぶりついた。

柔らかいが張りのある肉層に顔を埋めて、ぐりぐりと擦りつける。

「ぁああ、お義父さま……」

慶子が祐一郎の頭部を抱き寄せる。

祐一郎が乳首を舐め、吸うと、米のとぎ汁のようなミルクがあふれて、

「ぁあああ、こうしてほしかった。ずっとこうしてほしかった」

慶子が喘ぐように言った。

(そうか……そうだったんだな)

慶子の本心が知れて、祐一郎は歓喜に咽《むせ》ぶ。

滲みだすミルクでべとべとになりながらも、祐一郎は左右の乳首を舐め、吸い、舌でれろれろっと弾く。円柱形にせりだした乳首が舌で捏ねられて、

「ぁあああぅ……わたし、わたし……もう……」

慶子が今にも泣きださんばかりの声で言う。

「すべて責任は私が取る。これは、私が強引にしていることだ。慶子さんのせいじゃ

ない。だから、いいんだ……いいんだよ」

言い聞かせて、祐一郎は下半身のほうへと移っていく。

柔らかな素材でできたスカートを引きおろして、足先から抜き取っていく。

「やっ……」いう感じで、慶子が太腿をよじり合わせて、股間を手で隠した。

だが、いささか小さすぎる濃紺のパンティが豊かな腰を三角に覆い、股間に食い込んでいるのが視界に飛び込んでくる。

祐一郎は慶子の手を外して、膝をすくいあげる。

と、小さめのパンティがむっちりとした太腿の奥に鼓のような形で張りついているのが見えた。しかも、その一部に涙形のシミが浮きでていた。

(ああ、こんなに濡らしていたんだな)

普段は清楚な女が乳首を吸われただけで、これだけ花芯を濡らすということに、祐一郎は強い昂奮を覚えた。

(やはり、そうとう欲求不満なんだろう。いいんだ。俺はそれを満たしてやるのだから)

そう自己を正当化して、祐一郎はパンティの上から基底部を撫でさすった。すると、湿った布地の内側にぬちゃりと柔らかく沈み込む箇所があって、そこを押すと、

「あうぅ……！」

慶子がソファをつかんで、のけぞりかえった。

「感じるんだね？」

「……はい……」

慶子が消え入りたげに言う。

「ずっと、ここが寂しかったんだね？」

「……はい、ああ、いやっ！」

肯定してしまったことに羞恥を覚えたのか、慶子が顔をこれ以上は無理というところまでそむけて、内股になる。

祐一郎がパンティの上から狭間をなぞると、布地が沈み込み、くちゅくちゅと音がして、

「ああ、ああああ……ダメなのよ。こんなことしたら、ダメなのよ」

慶子がいやいやをするように首を振る。

「ダメじゃないさ。悪いのは私だよ。あなたを残して逝った孝介も悪い。慶子さんは女として当然のことを感じているだけなんだよ」

言い聞かせて、いっそう濡れを増してきた窪地をかるく中指で叩くようにすると、

「あっ、それダメです……いやいやいや……あっ……あっ……あうぅぅ」

慶子が腰を揺らめかせた。その動きは、避けたくてしているのか、もっとせがんでいるのかどちらなのだろう？

祐一郎はそこで初めてパンティに手をかけて、引きおろしていく。

紺色の布地を足先から抜き取ると、慶子は見ないでとばかりに内股になって、太腿を擦りあわせる。

細長くととのえられた濃い恥毛が流れ込むあたりに、女の亀裂がわずかに見えた。

祐一郎は膝をつかんでひろげ、太腿の奥にしゃぶりつく。

「ぁああ、いやぁあああ！」

慶子が祐一郎の顔を挟み付けて、動きを封じようとする。

「いけません。お義父さま、そんなところを舐めてはいけません！」

「いいんだよ。いいんだ」

そう言って、祐一郎は慶子の膝をさらに開いて、あらわになった恥肉にしゃぶりついた。

「ぁああ、だめっ……！」

慶子が祐一郎の頭を押し退《の》けようとする。

祐一郎はそうはさせじと、女の割れ目に貪りついた。そこはすでに充分に潤っていて、舌を走らせると、ぬるっ、ぬるっとすべって、

「ああ、くっ……くっ……ぁあああうぅぅ」

慶子が顎をせりあげた。

自分が大きな声をあげてしまったことに気づいたのか、右手の甲を口に添えて、必死に声を抑えている。

祐一郎は膝をつかんで開かせながら押しあげ、クンニしやすくし、剝きだしになった濡れ溝に舌を走らせる。

舐めるたびに、愛蜜が量を増し、陰唇が開いて、鮭紅色にぬめる内部が見えてくる。

そこは切れ長で、とても子供を産んだとは思えないほどにきれいな女の園だった。

色素沈着も薄く、蘭の花のような楚々とした肉の花が慎ましく咲き、鮮やかすぎるサーモンピンクの粘膜がうっすらとのぞいていた。

だが、粘膜はすでにぬめ光る愛蜜に覆われていて、外部にもあふれている。

(もっと慶子さんを感じさせたい!)

祐一郎は丁寧にクンニをする。

狭間を上下に舐め、陰唇の外側にも舌を這わせる。

「んっ……あっ……ぁあああ……」

と、慶子が悦びの声をあげた。

陰唇の外側は副交感神経が走っていて、とても敏感な箇所だと聞いたことがある。緑だけは蘇芳《すおう》色だが、形のいい陰唇は意外とぷっくりしていて、そこに舌を這わせると、くぐもった声とともに腰がびくっ、びくっと震えた。

とても敏感である。

慶子の性感帯は、今は亡き孝介によって充分に開発されていたのだろう。

じゅくじゅくとあふれでた蜜をすくいとり、そのまま上方の肉芽をぴんと弾いた。

「あ、くっ……！」

慶子ががくんと顔をのけぞらせる。

クリトリスは小さめで、包皮にしっかりと包まれていた。祐一郎は突起をちろちろと舌で刺激し、かるく吸った。

と、陰核が根元から口に吸い込まれてきて、

「ぁあああ……許して……ぁあああんん」

慶子が腰をもどかしそうに振った。

許してとは言っているが、本心から言っているわけではない。おそらく口癖だろう。

孝介とのセックスで、「許して」と口癖のように発していたのだろう。

（「許してか」か……男をかきたてる言葉だな）

祐一郎も煽《あお》られ、指をV字にして、左右へとひろげると、包皮がくるっと剝かれて本体があらわになった。

コーラルピンクにぬめる小さな肉真珠が精一杯ふくれあがっている。そのおかめ顔をした突起を丁寧に舐めた。

細かく舌をつかうと、慶子の下半身が震えはじめた。

「ぁああ、あああ……ぁああ、孝介……それ、ダメっ……イッちゃうよ」

と、孝介の名前を出した。

今、慶子のなかでは、祐一郎が孝介に成り代わっているのだろう。

そうしてくれと慶子には言ったわけだし、祐一郎は自分を「孝介」と呼ばれることに嫉妬はない。むしろ、うれしい。それで、慶子が心と身体を開いてくれるのなら、そのほうがいい。

「いいんだよ、イッて……慶子、イッていいぞ」

祐一郎は半分は孝介。半分は自分で言う。

「ぁああ、でも……ぁあああ、それ、ダメぇ……許して。もう許して……まだ、イキたくない。あなたとひとつになりたい」

慶子が訴えてくる。

「そうか……」

幸い、イチモツはすでに痛いほどにいきりたっている。

孝介はクンニをやめて顔をあげ、両膝をすくいあげ、いきりたつものを花肉に押し当てた。

とろとろに蕩《とろ》けている膣口に押し込もうとしたとき、

「いやっ……！」

慶子が身体をひねって、逃れた。

挿入も許してくれるだろうと思っていた祐一郎は、呆然として慶子を見た。

「……ダメなのか？」

「はい……お義父さまと繋がりたいです。ひとになりたい。でも……それをしてしまったら、きっとわたし……いや、お義父さまだって、自分を責めるようになります」

慶子は祐一郎を見あげて、ソファから立ちあがった。

「本番は無理です……でも……違う方法があります。お義父さま、わたしと一緒に来てください」

「どこへ？」

「二階です。お願いですから来てください」

祐一郎はうなずく。

慶子がリビングを出て、二階へとつづく階段をあがっていく。

祐一郎もその後についていく。二人とも裸だった。

前を昇っていく慶子の尻のもこもことした卑猥な動きが、祐一郎を感動させた。

第四章　息子の代わりに

1

二階にあがった慶子は、大輝の寝ている部屋の前で、

「少し、待っていてください」

と、部屋に入っていった。

ベビーベッドのなかの大輝を見て、よく眠っていることを確かめて安心したように微笑み、その後、クロゼットからハンカチに包まれたものを取り出し、それを隠すようにバスタオルやタオルを持った。

（何だろう？　ひょっとして、この前見たディルドーか？）

なるほど、祐一郎のペニスは受け入れることができないから、張形で代行してくれ

ということなのだろう。

「お義父さまの部屋に行きましょう」

慶子はそう言って、廊下を歩いていく。

二人は祐一郎の部屋に入った。八畳の和室には布団が敷きっぱなしになっている。いちいち布団の上げ下げをするのが面倒なので、畳にマットを置き、その上に布団を敷いている。

「恥ずかしいから、明かりを暗くしてください」

慶子が言うので、祐一郎は和風の天井灯を消して、枕明かりだけを点けた。

橙色のランプシェードが布団の周りをぼんやりと浮かびあがらせる。

その間に、慶子は「母乳で汚れるといけないので」と、布団にバスタオルを敷いた。それから、ハンカチに包んであるものを持ったまま、布団に正座した。

「あの……これは、孝介さんなんです」

と、ハンカチを解いた。現れたのは、この前、慶子がオナニーをするときに使っていたあの肌色のディルドーだった。

祐一郎は、やはり、これを使えというのだなと納得しつつも、頭に浮かんだ疑問を口にした。

「……これが孝介だというのは？」

「じつは、このディルドー、孝介さんのあれをかたどって作ったものなんです」

慶子が肌色の張形を愛《いと》おしそうにさすった。

「大人の玩具で、恋人のおチンチンを石膏でかたどって、そこにシリコンを流し込んで作るものがあって……孝介さんは出張が多かったから、その間、わたしが寂しい思いをしないようにと、これを二人で作ったんです」

慶子が言って、真っ赤になってうつむいた。

（ああ、そうか……それで、この前、慶子さんはこれを使いながら、孝介の名前を呼んでいたんだな。そうか、そんな事情があったのか……！）

同じディルドーでも、一般的なものと、夫のペニスをかたどったものとは、やはり注ぎ込める愛情が違うだろう。

慶子が張形を使ってオナニーしているときは、意外な印象を受けたが、そういう事情なら得心できた。

「そうか……」

「そのときは、恥ずかしかったけれど、孝介さんが先に逝ってしまって……ひとり残されたとき、これを作っておいてよかったと思いました」

「じゃあ、今もこれを使っているんだね？」

祐一郎はわかっていたが、その事実を慶子の口から言わせたかった。

「……わたし、自分でもどうしようもなくなるときがあって……いやっ、そんな恥ずかしいこと訊かないでください」

「いや、恥ずかしいことじゃないさ。女なら当然だよ……それで、これを使えばいいんだね？」

「……ゴメンなさい。やはり、お義父さまとしてしまうと、二人とも自分を責めることになるんじゃないかと……でも、これなら……」

慶子が肌色のリアルな張形を胸の前に持って、おずおずと祐一郎を見あげてきた。

慶子は一糸まとわぬ姿で、たわわな乳房の前に人工ペニスを縦にして握っている。

そのしどけない姿を見たとき、いったんおさまっていた祐一郎の性欲がむくむくと頭を擡《もた》げてきた。

「わかった……よし、私が孝介になってやる。それを貸しなさい」

祐一郎が手を伸ばすと、慶子が張形を手渡してきた。

(これが、孝介のあれか？)

ぱっと見て、祐一郎は自分のものに似ているなと思った。

太さ長さも、自分のイチモツの勃起時とほぼ同じに見える。それに、途中から少し左にカーブしているところも、亀頭部の傘の開き方もそっくりだ。

やはり、父と息子はほぼ同じ遺伝子を持っているから、ペニスの形も似るのだろうか？

（これなら、俺のおチンチンとあまり変わらないんじゃないか？）

そう思ったが、たんなる形状ではなくて、気持ちの問題なのだろう。

「慶子さん、そこに寝なさい」

言うと、慶子が静かに布団に仰向けに寝た。

恥ずかしそうに胸のふくらみを隠し、太腿をよじりあわせて、じっと祐一郎を見ている。

セミロングの髪が扇状に散り、すらりとした肢体を横たえている息子の嫁の姿に、祐一郎は身震いするような昂りを覚えた。

「あの……オッパイが出たら、これを使ってくださいね」

慶子が枕元のタオルを示した。

「ああ、わかった。慶子さんは相変わらず気づかいができるね。バスタオルまで敷いてくれて……ほんと、息子は幸せ者だったんだな」

祐一郎はそう言って、しんみりしてしまった。

「でも、お義父さまがいらっしゃるわ。孝介さんの代わりをしていただけるんでしょ？」

慶子が励ますように言う。

「ああ、そうだったな。そうだ。私は孝介だ」

祐一郎は覆いかぶさっていき、慶子の裸身を撫でさする。

いったん汗が退いた肌はしっとりとして、きめ細かく、引っ掛かるところがひとつもない。なめらかな肌を肩から脇腹、さらに、太腿へと撫でおろしていくと、慶子の様子が変わった。

「あっ……あっ……ぁあああ……お義父さまのことを、孝介と呼んでいいですか？」

眉根を寄せながら、慶子が許可を求めてくる。

「もちろん、孝介と呼んでくれ。そのほうが、慶子さんも自分を解き放てるなら、そうしなさい」

「すみません……」

祐一郎は乳房をつかみ、その豊かな量感を味わい、先端にそっと唇を寄せた。

ちゅっ、ちゅっとキスして、ふくらみを揉みながら、舌で転がすと、

「ぁああ、あああああ、いいの……孝介、感じる。わたし、感じる……ぁあああ、もっと……乳首をぎゅっと！」

慶子が求めてくる。

「ぎゅっとしていいのか？」

「はい……してください」

「孝介は、ぎゅっとしてたのか？」

「はい……そのほうが感じるんです、わたし……」

慶子が恥ずかしそうに言った。

「わかった」

昂奮しながら、祐一郎は乳首の根元をつまんで、強く押してみた。すると、残っていた母乳がピュッと飛び出してきて、祐一郎の顔面を打った。

「あっ、すみません」

「いや、いいんだ」

祐一郎は顔にかかったミルクをタオルで拭いて、もう一度、乳首の根元をぎゅっとつまんでみる。今度はオッパイは出ずに、

「ぁああああっ……！」

慶子がのけぞりながら喘いだ。

「大丈夫か？」

「はい……平気です。乳首をぎゅっとされると、すごく感じるんです」

「そうか……よし」

祐一郎は左右の乳首の根元をつかんで、押しつぶさんばかりに力を込めながら、いっそうせりだしてきた乳首を舌であやした。

あふれだしてきたミルクを舐めとるように舌で擦りつけ、左右に弾くと、

「あああ、いいの……それ、いいんです。あうぅぅ」

慶子は感極まったような声をあげながら、下腹部をせりあげてきた。

どうやら、慶子は乳首と子宮が繋がっているタイプのようだ。このタイプは乳首を攻めると自然に腰が浮きあがる。

腰を振って、挿入をせがむ慶子の姿を見て、祐一郎は右手をおろしていき、細く密生した恥毛の流れ込むあたりをぎゅうとつかんだ。手のひらを押しつけるようにすると、

「ぁああ、恥ずかしいわ……孝介、わたし、恥ずかしい……あああ、あああ、もっと、もっと乳首を……お願い」

慶子は眉を八の字に折りながら、腰を上下に振り立てる。

(そうか……慶子さんはこうしてほしいと訴えるタイプなんだな)

意外だったが、それはそれでいい。

片方の乳首を強くつまんで、くりっ、くりっと横にねじると、

「ぁあああ、それ……くぅぅぅっ！」

慶子は下腹部を突きあげる。

祐一郎の手のひらには、べっとりと潤んだ柔肉が擦りつけられて、それだけで祐一郎は昂奮する。

滲みだした母乳の甘さを感じながら、乳首を吸った。

そして、右手の中指で狭間を叩くと、ネチャ、ネチャと音がして、

「ぁあああ、おかしくなる」

慶子が眉根を寄せて、訴えてくる。

祐一郎は顔をおろしていき、足の間に腰を入れて、慶子の太腿の奥を舐めた。

さっきクンニしたばかりの女の園はいまだべっとりと濡れており、舌を這わせると、
慶子は下腹部をぐいぐいとせりあげて、

「ああ、欲しい。孝介が欲しい！」

眉根を寄せて、必死にせがんでくる。

このときすでに祐一郎のイチモツは力を漲らせていた。今、目の前でぬめ光っている慶子のなかに入りたかった。それを打ち込みたかった。

だが、それをしたらまた、さっきと同じことの繰り返しになる。欲望をぐっとこらえて、ディルドーを持った。

肌色の張形はシリコンゴム製で、表面も柔らかく、皮膚の感触に似ている。

その根元をつかんで、慶子の足を開かせる。

「入れるよ、いいね？」

「はい……ちょうだい。孝介さんのおチンチンをください」

慶子が顔を持ちあげて、祐一郎の握っているディルドーを確認した。祐一郎は亀頭部を濡れ溝に擦りつけてみる。

孝介の勃起をかたどったという亀頭部はそら豆のような形で、先の下のほうが微妙に割れている。

その丸い頭部で割れ目をなぞると、ぬるっ、ぬるっとすべって、

「あっ、ぁああ、くっ……くっ……」

慶子がぐぐっ、ぐぐっと下腹部を持ちあげて、亀頭部に濡れ溝を擦りつけてくる。

そのあられもない欲しがる動きで、慶子がいかに今、体内の炎を燃やしているかが伝わってきた。

「気持ちいいんだな？」

「はい……気持ちいい……気持ちいいんです」

「入れるよ。慶子のなかに入るぞ」

「はい、ください」

祐一郎は笹舟のような形をした花芯の底で息づく膣口に、亀頭部を押しつけ、慎重に押し込んでいく。

と、入口の柔肉が亀頭部にからみつき、その抵抗感を押し退けるようにして力を込めると、ディルドーが窮屈なそこを押し広げながらめりこんでいき、

「うっ、ぁあああああぁぁぁ！」

慶子が顎を突きあげ、両手で布団のシーツを鷲づかみにした。

「そうら、入ったぞ」

「はい……感じます。あなたを感じます……ぁあああ、いるわ。あなたがいる。わたしのなかにいるのよぉ……あああうぅぅ」

祐一郎がディルドーを動かさずにいると、慶子の腰がくねりはじめた。

動かして、なかを掻きまわして……と言わんばかりに、開いた足を布団に突いて、挿入部分を縦に揺する。

その腰の動きにそって、祐一郎もディルドーをゆっくりと抜き差しする。すると、愛蜜がすくいだされて、

「あああ、あああ……いいのよぉ」

慶子は両手を頭上にあげて、枕をつかんで、身をくねらせる。

正直なところ、祐一郎も挿入したい。ギンと漲っているものを慶子のなかに入れたい。

だが、それはしてはいけないことなのだ。いくら、息子がこの世にはいなくとも、二人が義父と義娘であることに変わりはないのだから。

祐一郎は右手でディルドーを押し込みながら、左手で慶子の乳房を揉んだ。

強い性感帯であるという乳首をつまんで、捏ねる。

すると、残っていた白いミルクが滲んできて、母乳で濡れてぬるぬるになった乳首を捏ねながら、ディルドーを抜き差しする。

「ぁああ、ああ……イキそう。イキそうなの……」

慶子がぼぅと霞んだ目を開けて、祐一郎を見た。

「いいんだぞ、イッても。イクんだ……」

「でも、わたしだけイクのはいや……孝介さんのをしゃぶりたい」

慶子がまさかのことを言った。

「いや、しかし……」

「いいんですよ、お義父さま……いいんでしょ？」

「えっ、ああ、もちろん」

慶子は体内にディルドーをおさめたまま、立ちあがり、入れ違いで祐一郎が下になる。仰向けになると、慶子が尻を向ける形でまたがってきた。

ぶりんっと張った豊かな尻が目の前に突きだされてきた。

尻たぶの底には、肌色の張形が途中までおさまっている。

祐一郎が根元をつかんで、抜き差ししようとすると、慶子が祐一郎の股間に顔を寄せてきた。

右手でいきりたちをゆるやかに握りしごきながら、先端にちゅっ、ちゅっとキスをする。

「くっ……！」

愛する息子の嫁に、あそこにキスをされているのだ。

それだけで、祐一郎のイチモツは完全勃起し、痛いほどに張りつめる。

「ぁあぁ、すごい……お義父さまのこんなにカチカチになって」

そう言う慶子の声には、悦びの感情がこもっているように感じる。

「でも、もう歳だからな……孝介に較べたら、貧弱だろう？」

「そうでもないですよ。すごく硬くなっているし……それに……」

慶子はいきりたつ肉棹を触ったり、見たりして確かめ、

「孝介さんに似ているわ、すごく……びっくりしちゃった。あんまり似ているから」

そう言いながら、やさしく頰擦りする。

「ほんとうかい？」

「ええ、ほんとうですよ」

「そうか……いや、このディルドーを見たときに何となく、似ているなとは思っていたんだ」

「やっぱり、親子なんですね」

「そんなに似てるなら、私が孝介のお面でもかぶってすれば、いいんじゃないか？」

「ふふっ、そうですね」

「いや、冗談だよ」

そんなやり取りを交わした後、慶子が舐めてきた。

いきりたつ肉柱を根元からツーッと舐めあげて、亀頭部から頬張ってくる。分身が温かく濡れた口に包まれて、

「くっ……！」

と、祐一郎は唸る。

しばらくフェラチオを経験していなかったが、先日、東尾玲香に何年ぶりかでフェラチオされた。

しかし、もし慶子がしてくれることがわかっていたら、玲香にはあんなことはさせなかっただろう。

慶子は丁寧に唇をすべらせる。祐一郎はうねりあがる快感のなかで、顔を持ちあげた。

台形にひろがった尻と太腿の間から、慶子が怒張をしゃぶってくれているその光景がよく見える。

背中がしなっている。下を向いた双乳の三角錐と頂上の突起が見える。その向こうに、慶子の顎と唇が肉棹にからみつきながらすべっていくのも視界に入ってくる。

慶子はちゅるっと肉棹を吐き出し、顔を横にして、肉柱をツーッ、ツーッと舐めあ

げ、また上から頬張り、今度は亀頭冠を中心に小刻みに唇を往復させながら、根元を握りしごいてくる。

「おお、くっ……！」

うねりあがる快感に酔った。

まさか、慶子に咥えてもらえる時がくるとは思わなかった。

しばらく酔いしれていたが、やがて、慶子を攻めたくなった。

目の前に突きだされたハート形の双臀の底に、肌色のディルドーが突き刺さっている。その根元をつかんで、静かに抜き差しした。

すると、柔らかなシリコン製の張形がたわみながら、途中まで姿を消し、切っ先が奥のほうへと届くと、

「んっ……！」

慶子がくぐもった声を洩らして、動きを止めた。

祐一郎はそこからまた代用ペニスを浅瀬まで引き寄せ、また、押していく。

進入を阻《はば》むような抵抗感があり、さらに力を加えると、めくれあがった陰唇を巻き込むようにして、ディルドーがずりゅっと体内をうがっていき、

「んっ……！」

慶子の下半身がびくびくっと波打つ。

それを何度か繰り返すと、あふれだした白濁した蜜がディルドーをぬめ光らせ、したたって、細長く刈られた陰毛まで濡らす。

そして、慶子はくぐもった声をあげながらも、うねりあがる快感をぶつけでもするように、情熱的に唇をすべらせ、抽送《ちゅうそう》に合わせて腰を貪欲に揺すりたてる。

祐一郎がディルドーの抽送を止めると、慶子はもう我慢できないとでもいうように自ら腰を振った。

いったん肉棹を吐き出し、唾液まみれの肉柱を握りしごきながら、全身を前後に揺すって、肉棹を招き入れ、膣に擦りつけては、

「ああ、あなた、ステキよ。感じるの。あなたを感じるの……ぁあああ、ぁあああ、気持ちいい……気持ち良すぎるの」

心からの声をあげて、尻を突きだしたり、反対に退《しりぞ》いたりする。そのたびに、孝介の肉柱をかたどった張形がずぶっ、ずぶっと体内を犯していく。

(ああ、このディルドーが俺のおチンチンだったら……！)

だが、自分のものも慶子にフェラチオされているのだから、これはよしとすべきだろう。

「ぁああ、ぁあああ……ダメっ、孝介さん、イキそう！」

慶子が訴えてくる。

「いいんだ、イッて。イキなさい」

「いいの？」

「ああ、いいんだ」

「でも、わたしだけイクのはいや……孝介さんも出して。出してね」

そう言って、慶子がまた肉棹を頬張ってきた。

相手も満足させたいという気持ちが強いのだろう、慶子は根元を指で握ってS字を描くようにしごき、先端を素早く唇で摩擦し、吸う。

「ぁあああ、くっ……！」

一瞬、射精しそうになった。遅漏気味でなければ、きっと出してしまっただろう。

しかし、歳をとってから、祐一郎は口でされて放出したことはない。

慶子が射精させようと一心不乱にしごき、吸い、舐めてくる。

湧きあがるものを抑えながら、祐一郎は下から持ったディルドーの抽送をつづける。

ぐっと奥まで届かせ、ディルドーで円を描くように坩堝《るつぼ》を捏ねると、これが気持ち良かったのか、慶子の気配が変わった。

「んんっ……んんんっ……んんんんん！」

激しく顔を打ち振りながらも、感に堪えないというさしせまった呻きをこぼす。

咥えられなくなったのか、肉棹を吐き出して、代わりに指できつく握りしめてくる。

「ゴメンなさい。もう咥えられません……孝介さん、ゴメンなさい」

「いいんだよ。俺は出さなくていい。きみさえイケれば、本望だ。いいんだぞ。そうら、これでどうだ？」

祐一郎は自分がピストン運動するシーンを思い浮かべ、ディルドーを打ち込む。

と、慶子の様子がさしせまってきた。

祐一郎の肉棹をまるでこれが最後の拠《よ》り所とばかりに強く握りしめて、

「あっ、あっ……ぁああああああうぅぅぅ」

背中を弓なりに反らせて、腰をもどかしそうに打ち振る。

きっともう気を遣る寸前なのだろう。ここまで来たら、イッてほしい。他の何よりも望むことは、慶子をイカせることだ。

「いいんだぞ、イッて……そうら、いやらしい音がする。すごいな、粘膜がからみついてくる。濃厚な香りがしてきた。発情したメスの匂いだ」

「ああ、言わないでください……！」

「実際にそうだから、仕方ないじゃないか。慶子さんは膣の深いところでも感じるようだね。そうら、ここが感じるだろう?」

祐一郎がディルドーを打ち込むと、慶子も自ら腰を突きだしてくるので、切っ先が子宮口あたりをぐいと突くのがわかる。

「あんっ……!　あんっ……!　ああ、すごいわ。響いてくるの。お腹にズン、ズンッ響いてくる……わたし、もう、もう……おかしいわ。おかしくなってる……ぁあああああ、許して……あんっ、あんっ、あんっ……ぁああ、イッちゃうよ。いいのね。イクよ……イク、イク、イク……」

慶子が頂上間際であることを知って、祐一郎もつづけざまにディルドーを押し込んでいく。最後にぐいと奥まで突き入れたとき、

「イク、イク、イク……くっ!」

慶子は背中を弓なりに反らせ、肉柱を強く握りしめて、ぐーんとのけぞった。

それから、びくびくっと膣で張形を締めあげてくる。

2

ぐったりとした慶子を、祐一郎は布団のなかで腕枕していた。

髪を乱した慶子は祐一郎の片腕に頭を乗せ、横臥してこちらを向き、裸身を寄せている。

そして、祐一郎は仰臥《ぎょうが》して、慶子の頭の重さを二の腕に感じていた。

（俺はしてはいけないことをしたのだろうか？）

たぶん、してしまった。だが、地獄へ落ちることはないはずだ。なぜなら、二人は性器結合を果たしていないからだ。

（しかし、この不思議な高揚感はどこから来るのか？）

気を遣《や》った女と添い寝することの至福……。

おそらくそれは誰を相手にしても感じるだろう。だが、それとは違う高揚感がある。

それは、まったく血の通っていない他人でありながらも、もっとも身近な存在であり、家族でもある女と情事の真似事をしたからだろう。

してはいけないことをしてしまったという背徳感が、後悔というよりも、危機的な昂奮というプラスの作用を呼んでいるのかもしれない。

(俺はこの背徳感に嵌《は》まってしまうのではないか?)

そういう不安と昂りのなかで、乱れた黒髪を撫でていると、

「お義父さま……」

慶子がさらに身を寄せてきた。布団のなかで胸板をさすり、そっと頬擦りしてくる。

「何だ?」

「わたしたち、いけないことをしてしまいましたね」

慶子が胸板に頬をくっつけたままで、言う。

「ああ……でも、あれは入れていないから」

「……そうですね。わたしは、孝介さんのおチンチンでイッたんですものね」

そう言って、慶子が顔を持ちあげた。

アーモンド形の目でじっと下から見あげて、言った。

「二人でこうしていると、すごく、怖いんです」

「怖い?」

「ええ……お義父さまも怖いんでしょ?」

「ああ、ほんとうは怖い」

「どうして？」

「……やめられそうにもないからだよ」

「わたしもそうです……」

慶子は上体を起こし、上から祐一郎を見る。

清楚系だが、年相応の落ち着きもあるきれいな顔をしている。

そのやさしさと色気を兼ね備えた印象的な目が、うっすらと涙がかかったように濡れていて、祐一郎はこの目が自分をおかしくさせるのだと思う。

「……何だよ？」

「ふふっ、あらためてお義父さまってどんな顔をなさっているのかって……」

「よせよ。大した顔じゃないよ」

「でも、やっぱり、孝介さんに似ているわ。目元なんかそっくり」

「まあ、親子だからな」

「……それに、あそこも似ているし……まだ、出してないんでしょ？」

「……ああ。だけどいいんだよ、出さなくても」

「ほんとうですか？」

「ああ……男も歳をとると、射精がすべてではなくなるんだよ」

「そうですか？」

「ああ……あっ、こらっ！」

慶子が右手で下腹部のイチモツに触れてきた。

「もう、無理だよ」

「そうでもないみたいですよ」

慶子が肉茎を指でなぞるようなことをして、

「もう、こんなに硬くなっているもの」

ふふっと無邪気に笑う。

「よしなさい。そういう悪戯をされると、ほんとうにしたくなってしまう」

「本番はダメ。でも、出してほしい。そうしないと、わたしだけ愉《たの》しんだことになるでしょ？　だから、お義父さまには、出してほしいんです」

慶子は力を漲らせつつある肉棹をしごきながら、祐一郎を見る。

「出さないで終わるより、出したほうがいいでしょ？」

「……それは、まあな」

「わたしに任せてください……お義父さまは何もしなくていいですから」

口角を吊りあげて、慶子が布団のなかに潜っていく。

足の間にしゃがんだところで、掛け布団をめくると、慶子の姿が現れた。

白髪混ざりの陰毛に顔を埋めて、イチモツを丁寧に舐めている。

決して激しくではないが、ゆったりとやさしく舌を走らせ、根元をつかんで振るようことをする。

すると、いまだ射精していない屹立にはエネルギーが残っていたようで、完全に勃起して、反りかえるほどにギンとしてきた。

「すごいわ、お義父さまの……ぜんぜん、へこたれていない」

慶子は這う姿勢でちらりと祐一郎を見あげ、肉棹をつかんで、亀頭冠の真裏の包皮小帯をちろちろとあやしてくる。

「おっ、あっ……」

いったんおさまっていた強い疼きがふたたびよみがえってきて、祐一郎の快感への欲求はまた上昇していく。

「お義父さま、いいんですよ。わたしのお口に出してください」

そう言って、慶子は上から頬張って、亀頭冠を唇と舌で愛撫しながら、根元を握りしごく。

「くうぅ……気持ちいいよ。だけど、私は遅漏で、とくに口では出ないんだ。無理だと思うぞ」

無駄な努力だと教えるために、実情を告げた。

やめるのかと思ったが、その逆で、慶子はわたしならできるとばかりに、懸命に唇と指でしごいてくる。

その後、しばらくの間、たっぷりとフェラチオしてくれたが、やはり無理だとわかったのか、ちゅるっと吐き出して、慶子が言った。

「お義父さま、どうしたら出るの？」

「だから、出さなくていいんだって」

「それではいやです。どうしたら、出ますか？」

「……あなたのなかに入ることだけども、でも、それはダメだというんだから……そうだな。自分の指でしごけば、出ると思う」

「……わかりました。では、わたしも自分でします。それとも、わたしのオナニーなんか見たくはないですか？」

「いや、見たいよ……それに……」

すでに、オナニーをこっそり見て、射精していると言いかけて、その言葉を呑み込んだ。

「それに……？」

「いや、いいんだ」

祐一郎は慶子の気づかいがうれしかった。自分がイッたのだから、相手のことなど気にしなくともいいのに、祐一郎の射精のために最大限の努力を惜しまない。

前から思っていたが、やはり、慶子は相手を立てるというか、満足してもらわないと自分も気が済まない質《たち》なのだ。孝介への接し方を見ていても、それは感じていた。

祐一郎は布団の頭側に胡座《あぐら》をかいて座り、唾液まみれのものを右手で握った。

すると、布団の足側に慶子が腰をおろし、膝を立ててひろげた。

左手を後ろに突いて上体を立て、右手で乳房をつかんで、やわやわと揉む。揉みながら、祐一郎を見る。

女性のオナニーをこんな間近で見るのは初めてだった。

ごくっと生唾を呑みながら、祐一郎はゆっくりと肉棹をしごいた。

すると、慶子の視線が明らかにそこに落ちた。

祐一郎が握りしごくところをきらきらした目で興味深そうに見ていたが、その目が一気に潤んできて、

「あああ……」

と顎をせりあげた。

見ると、右手の中指が裂唇を擦っていた。

中指を尺取り虫みたいに這わせて、狭間をなぞり、

「ぁあああ、いい……」

顔をのけぞらせた。

それからまた、祐一郎がしごくところに視線を投げて、狭間に沿って指を走らせる。

「興味ありそうだね？」

祐一郎が訊くと、

「ええ……いやっ、恥ずかしいわ」

慶子が首を左右に振る。

「男のオナニーを見るのは、初めて？」

「はい……」

「へえ、意外だね。孝介のするところも見たことないの？」

「はい……」

「じゃあ、自分がするところを見せたことは？」

「それは……あります。孝介さんが見せてほしいと……」

「そうか……だけど、男がするところは見たことがないってことだね？」

「はい……」

「実際に見て、どう？」

「いやらしいわ、すごく。お猿さんみたい……でも、すごく、そそられます……きっと、お義父さまがなさっているからだわ」

ちらりと上目づかいに見るその表情が色っぽい。

「そうか……あなたのオナニーをもっと見せてくれ」

「はい……恥ずかしいけど、お義父さまに出してほしいから」

そう言って、慶子は笹舟形の上方、繊毛が流れ込むあたりに指腹を立てて、くりくりと転がし、

「ぁあああ、ぁあああああ……くっ、くっ……！」

立てていた膝を外側に倒した卑猥な格好で、腰をせりあげる。

「すごいね、慶子さんの腰は……。乳首を攻めても、腰が動くし……あなたの腰はとても素直なんだね」

「ああ、そんなことありません」

慶子が顔を左右に振った。

「だけど、恥ずかしいことじゃないよ。あなたの腰の素直さに感謝したい。お礼を言いたいくらいだよ」

そう言いながらも、祐一郎は、慶子がたんなる清楚な女ではなく、秘めた性欲を抱えていることに、いっそう魅了されていた。

慶子は親指を折り曲げて、クリトリスをこちょこちょといじり、他の指で花園全体を撫でさすって、

「ぁああ、お義父さま……お義父さま……」

と、とろんとした目で見つめてくる。

「おおぅ、気持ちいいぞ。もっと、もっといやらしく！」

祐一郎は肉棹を猛烈にしごきながら言う。

「どうすればいいんですか？」

「あそこを……オマ×コを開いて見せてくれ」

「こ、こうですか……」

慶子が指をV字にひろげた。同時に、陰唇も開いてなかの赤いぬめりがぬっと現れた。

「近くで見ていいか？」

「はい……」

祐一郎は這っていき、慶子のひろがった太腿の奥に顔を寄せた。目の前に、白濁した蜜をあふれさせて、赤く光っている女の園があった。

「よく見えるぞ……指を、指を入れてくれないか？」

「……こ、こうですか？」

慶子は左手で開いた恥肉の底のほうに、右手の中指を押し込んだ。ぬるりっと嵌まり込んだ長くほっそりした指がほぼ根元まで埋まって、その指が奥のほうをかき乱すのがわかった。

「ぁああ、いやっ……恥ずかしいわ。お義父さま、慶子、恥ずかしい！」

「いいんだ。そうら、もっとかき乱せ」

「ぁあああ、ぁあああうぅぅ……いやっ……ぁあああうぅ」

中指に人差し指が加わって、二本の指が忙しく抽送されて、白濁した蜜がぐちゅぐちゅと音を立ててあふれてくる。

祐一郎はその淫らな指づかいを凝視しながら、いきりたつものを握りしごく。

すると、慶子も自らの恥肉を指で激しく抜き差ししながらも、魅入《みい》られたようにじっと視線をそこに釘付けにしている。

「おおぅ、出そうだ！」

激しくしごいたとき、慶子が言った。

「ああ、お義父さま……もったいないわ。それを、それを……ここにください！」

見あげた慶子の目が、理性を失ってとろんとしている。

「いいのか？」

「ほんとうはよくないけど……少しだけなら。なかには出さないでくださいね……」

「わ、わかった」

慶子が仰向けに寝転んだ。

祐一郎はすらりとした足を持ちあげて、あらわになった果肉の割れ目に、右手で屹立を押しつける。と、擦りつけただけで、膣口がうごめいた。

「おおぅ、すごいぞ」

「あああ、あああ……気持ちいいの。お義父さま、わたし、気持ちいいんです」

祐一郎はとろとろになった膣口に切っ先を沈み込ませていく。

とても窮屈な入口を切っ先が無理やり押し広げていくような感触があって、亀頭部が嵌まり込み、そのままじっくりと押し進めていくと、硬直が慶子の体内にめりこんでいき、

「はうぅぅぅ……！」

と、慶子が顎を突きあげ、眠っている赤子のように両手を顔の左右に置いた。

ひさしぶりに男のイチモツを受け入れたことの悦びが、全身にあふれている。

祐一郎は膝裏をつかんで開きながら、さらに、奥まで押し込んだ。そのとき、

「うぁあああ、くっ！」

慶子が大きくのけぞって、両手でシーツを鷲づかみにした。

そして、がくっ、がくっと震える。

「イッたのか？」

慶子はしばらくぐったりしていたが、目を開けて、

「はい……」

と言って、祐一郎を見あげてくる。その妖しく濡れた瞳が気を遣った女の悦びとその残滓《ざんし》を伝えてくる。

「じゃあ、今度は私の番だな」

祐一郎は膝裏をつかんで押し広げながら、持ちあげるようにして、腰を慎重につかった。

すると、膣と屹立の角度がぴたりと合って、

「ぁあああ、いいんです……あっ、あっ、あっ……」

慶子はシーツを持ちあがるほどに握りしめて、かろやかな声をあげる。

祐一郎のほうも急激に高まった。

上反りした肉棹の先が膣の天井を擦りあげながら、奥へと届き、奥のふっくらとしたふくらみが亀頭冠にまとわりついてきて、蕩けるような悦びがうねりあがってくる。

「あんっ、あんっ、あんっ……」

慶子の洩らす喘ぎが高まった。

腹につかんばかりに足を開かされた慶子は、打ち込まれるたびに、たわわな乳房をぶるん、ぶるんと縦揺れさせて、顔をのけぞらせている。

（ああ、俺はとうとう慶子さんと……！）

孝介が逝ってから、いや、その前からこうしたいと密かに願っていた。そのたっての願いが叶ったのだ。

しかも、慶子は今、自分の体の下で、歓喜の声を放っている。

相手は決して契《ちぎ》ってはいけない女である。そんなことはわかっている。だが、理性とか常識ではくくりきれないことが世の中にはあるのだ。

思わず、膝裏をつかむ指に力がこもった。

ひと擦りするたびに、頭の芯が痺れるような歓喜がひろがってくる。これ以上の悦びが他にあるとは思えなかった。

(このまま、ぽっくりとあの世に逝っても満足だ！)

祐一郎が射精に向かって駆けあがろうとしていたそのとき、慶子が言った。

「お義父さま……来て。抱いてください。慶子をしっかり抱いて」

両手を差し伸べてくる。

(よし、抱いてやる、しっかりとな)

祐一郎は膝を放して、覆いかぶさっていく。

抱きしめると、慶子も手を背中にまわして、ぎゅうと祐一郎にしがみついてきた。

その愛情あふれる行為が、祐一郎を桃源郷《とうげんきょう》へと導いた。

「ああ、慶子さん……幸せだよ。あなたとずっとこうしたかった。あなたを護《まも》るからな。一生護ってやる」

「ぁああ、お義父さま……うれしい！」

慶子が下からぎゅうと抱きついてくる。

上から覆いかぶさり、女体を懐《ふところ》に抱きながら、祐一郎は腰をつかった。

腰を波打たせると、屹立が体内をぐりぐりとかきまわして、

「ぁあああ、お義父さまがいるわ。わたしのなかにいるのよぉ……」

慶子が下から、とろんとした目を向ける。

その涙ぐんでいるような濡れた瞳と、眉を八の字に折ったその哀切な表情がたまらなかった。

キスをしたいが、さすがにそれだけは憚《はばか》られる。

その代わりに、乳房をつかんで揉んだ。すると、ミルクの貯蔵された大きなタンクが柔らかく沈み込んで、乳首から白い汁が滲んできた。

「ぁああ、気持ちいい……お義父さま、そうされるとすごく気持ちいい……」

慶子が下から腰をせりあげてくる。

「こうしたら、もっと良くなるよ」

祐一郎は背中を曲げるようにして、乳首に吸いついた。

「ぁあああ、くっ……！」

慶子が一段と激しく喘いだ。

下腹部で繋がりながら、乳首を吸う――。

それは祐一郎がぜひともやってみたかったことだ。

母乳が滲んだ乳首を吸いながら、ふくらみをやわやわと揉むと、淡い味の母乳が口膣を満たし、それを呑み込む。

母乳が喉を通っていき、体内へとひろがっていく。そして、祐一郎はその女の下半身と繋がっている。膣に男のシンボルを打ち込んでいる。

この瞬間、祐一郎は自分が一生分の快楽を蕩尽《とうじん》し、一生分の運を使い果たしたような気がした。

それほどの悦びだった。

祐一郎は陶然として、乳首を吸い、舐め転がし、そして、腰をつかった。

「ぁあああ、ぁあああああ……ぁあああぁぁぁぁぁぁぁ」

慶子はもう言葉をしゃべることもできなくなって、ひたすら喘いでいる。喘ぎを長く伸ばし、時々、「くっ、くっ」と顎を突きあげ、どうしていいのかわからないといったふうに両手を彷徨《さまよ》わせる。

祐一郎は母乳で口許の白くなった顔をあげ、乳房を揉みしだきながら、強めに腰を躍らせた。

甘い陶酔感が育って、今や、抜き差しならないものへとひろがっている。

射精できそうだった。

「ああ、慶子さん……出そうだ！」

「ぁあああ、うれしい……ください。お義父さま、ください……ぁあああ、イカせて。打ち据えて、思い切り！　慶子をメチャクチャにして！」

慶子が下から大きな目を向けて、訴えてくる。

「慶子さん……慶子！　おおぅぅ！」

祐一郎は乳房を鷲づかみながら、スパートした。

息が切れかけている。だが、このタイミングを逃したら、射精はできないだろう。

ぐちゅ、ぐちゅ、ぐちゅと淫靡な音がして、肉棹が甘く滾《たぎ》った蜜壺を擦りあげ、

「あん、あんっ、あんっ……ぁあああ、イキます。わたし、またイキます……イク、イク、イッちゃう！」

慶子が右手の甲を口に持っていき、左手で枕を後ろ手につかんだ。

柔らかくウエーブした髪が千々に乱れて、シーツや肩や胸に散り、突きあがった顎の先にツンとした鼻先が見える。

「ぁああ、出すよ、出る！」

「ああ、ちょうだい……あん、あん、あんっ……ぁあああ、イキます……くっ！」

慶子が枕をつかみながら、のけぞりかえった。

「うおおっ！」

熱いものがせりあがってくるのを感じて、祐一郎はとっさに結合を外す。抜いた肉棹から、白濁液が慶子の腹や乳房に飛び散った。

祐一郎は発作を起こす肉棹を握ってしごき、すべての精液を搾りつくす。

放ち終えても、慶子はぐったりして動かない。

白い涙を肌のいたるところに付着させ、時々、思い出したように細かく震える。

残滓のさざ波が汗ばんだ肌を走るのを見て、祐一郎はハッと我に返り、枕元に置いてあるティッシュボックスからティッシュを抜き出して、とろっと流れ落ちている白濁液を拭いてやる。

慶子がとろんとした目を開けて、

「すみません」

祐一郎に向かって言い、それから、また目を閉じた。

そのとき、慶子が我に返ったように身体を起こして言った。

「大輝が泣いているわ。すごく大泣きしてる」

確かに、耳を澄ますと、大輝の泣き声が聞こえてくる。怒ったように泣きじゃくっている。

「長い間、放っておかれて、怒っているんだわ。ゴメンね、大輝……」

慶子はすっと立ちあがると、祐一郎のことなど忘れたかのように、急いで部屋を出ていった。

第五章　ふしだらな住人たち

1

とうとう密かに恋い焦《こ》がれていた慶子と契ることができた。

祐一郎は歓喜に酔いしれた。

だが——それは長くはつづかなかった。

それには、大輝が体調を崩したことが大きかった。

あの夜、慶子は大輝の泣き声を聞いて、部屋に飛んでいった。そのとき、じつは大輝は発熱していたのだ。

翌日、慶子は大輝を医者に連れていった。

それから間もなくして、熱はさがったものの、慶子はそのことで自分を責めたのだろう。

しばらくして、祐一郎が慶子を誘ったとき、彼女はこう言ったのだ。

『すみません。わたし、やっぱり、ダメです……』

『どうして？　やっぱり、あれか？　大輝が熱を出したからか？』

『はい……神様がわたしに罰を与えたんです。人道に外れたことをすれば、こうなるんだって……神様が教えてくれたんです』

『……しかし、あのとき、慶子さんのほうから……』

祐一郎は言ってはいけないことを口にして、抵抗した。それほどに、慶子との一夜を忘れられそうにもなかった。

『……ゴメンなさい。あのとき、わたし酔っていて。何か、すごく寂しくて……だから、ゴメンなさい。わたしがいけなかったんです。どんなに責められてもしょうがないと思っています。すみません。ゴメンなさい……許してください。このとおりです』

と、慶子に頭をさげられたとき、憑《つ》き物が落ちたように、慶子への執着が薄れていった。

『……そうか、そうだよな。うん、わかったよ。あなたが悪いんじゃない。私がいけないんだ。もう、あなたにはせまらないから。悪かったね』
祐一郎はそう言うしかなかった。
心の底から納得しているわけではなかった。
だが、確かにあの夜、大輝が熱を出したのは何かの暗示だったという思いはあった
し、それで慶子が自分を責めるという気持ちもよくわかった。
だから、祐一郎は欲望を抑えた。
しかし、その生活は、慶子の素晴らしい肉体を味わってしまったがゆえに、以前に
も増してつらいものになった。
一緒に朝食を摂っていても、慶子のちょっとした仕種や表情にあの夜の蕩けるよう
な情事を思い出してしまい、下腹部がざわついた。
それを必死に抑え、平静を装って、慶子と接した。
慶子もこれまでと変わらない態度を取ろうとしていることはよくわかった。
だが、一度起きてしまった事実の記憶は消せないものなのだろう。
あれほど上手くいっていた二人の生活が、微妙に壊れはじめていた。
慶子がソファに座り、祐一郎が肘かけ椅子に座って、テレビを見ていても、祐一郎
には慶子のちょっとした膝の開きや、スカートが張りついた太腿の奥の窪みや、襟元

からのぞく胸のふくらみが気になってしまう。

そして、慶子もそんな祐一郎の視線を感じるのか、ぎゅうと膝を閉じたり、襟をよじりあわせたりする。

明らかに、慶子は祐一郎を家族の義父ではなく、男性として意識しはじめているのだった。

あのとき、慶子は歓喜のなかで昇りつめた。

その体験はそうそう簡単に拭いされるものではないはずだ。慶子があの肉体的記憶を宿していることは、態度の端々にうかがかえた。そして、祐一郎も慶子を一度抱いた女として見てしまうのだった。

だが、祐一郎のほうから強引にせまることは憚られた。そんなことをしたら、慶子が家を出ていってしまいかねないからだ。

その日、祐一郎は、ようやく外出できるようになった大輝をベビーカーに乗せて、家の近所を散歩していた。散歩を終えて帰ってきたとき、『ハイツ田代』の階段付近で、レジ袋をさげた慶子が誰かと話をしているのが見えた。

(うん、相手は誰だ?)

ひょろっとして、痩せた男だ。近づいていくと、それが君塚拓海《きみづかたくみ》であることがわかった。

君塚はハイツの住人で、１０１号室に住んでいる。

ここの近くの大学に通っている大学生で、『ハイツ田代』に入居して三年目を迎える。大学三年生でちょうど二十歳になったはずだ。

（君塚くんが何の用で、慶子と話しているんだ？）

不審に思って、ベビーカーを押していく。

と、祐一郎に気づいた君塚がハッとしたように口を噤《つぐ》んで、慶子を見、目で祐一郎のほうを示した。

慶子が振り返って、祐一郎を見て言った。

「買い物から帰ったら、ちょうど君塚くんに逢って……君塚くん、就職先に悩んでいるというので、相談に乗っていたんです」

「ああ、すみません。僕、ご主人の勤めていらした会社に魅力を感じていたので、どんな会社なのか、け、慶子さんの意見を聞かせてもらっていました」

君塚があたふたして答える。

まあ、それはいいのだが、君塚が慶子のことを「慶子さん」と馴れ馴れしく名前で呼んだのが、気になった。

「そういうことなら……あの会社は悪くはないぞ。父親の私が断言する。もしきみが行きたいなら、オススメだぞ」

「ああ、はい……わかりました。ありがとうございました」

君塚がぺこりと頭をさげた。

そして、一階の自分の部屋に向かって歩いていく。

慶子のことを『慶子さん』と呼んだのはどうかと思ったが、なかなか感じのいい青年である。

入居したときにご両親が挨拶にきた。長野県で教師をしている真面目なご両親だったから、息子も大丈夫だろうと安心したものだ。

「大輝をすみませんでした。機嫌いいみたいですね？」

慶子がベビーカーでオシャブリを咥えて、にこにこしている大輝を覗き込んで言った。

「ああ、この子は外が好きみたいだね。けっこう、外の動くものを見ていたからね」

「はい……お蔭さまで、好奇心は旺盛みたいです」

慶子がにこっとした。

やはり、こういうところは母親だ。息子がかわいくて仕方ないのだろう。

二人は家に帰った。

と、家電に電話がかかってきた。取ると、アパートの住人の東尾玲香からの電話だった。

『今度、未亡人会を開くから、大家さん、一度来てくださいな。三人で歓迎するわ』と言う。

「考えておきます」と答えて、祐一郎は電話を切った。

慶子が、どなたからですか？　と訊いてきたので、東尾玲香から、未亡人会への参加の要請があったことを伝えた。

迷っていると答えると、慶子が「参加なさったらどうですか？」と出席を勧めてきた。

「そうか？」

「ええ……」

「そうか、わかった。じゃあ、出席してくるよ」

慶子がなぜ、自分に勧めたのかわからなかったが、基本的に慶子の言うことは信用している。

祐一郎は折り返しで、玲香に電話をして、未亡人会への出席の旨を伝えた。

2

三日後の夜、祐一郎はアパートの玲香の部屋を訪ねていった。

玲香は今日、スナックが休みらしいのだ。

部屋に入っていくと、少し遅れたこともあって、すでに三人は出来上がっていて、アルコールの匂いと三人の女のむんむんとしたフェロモン臭のようなものが部屋に立ち込めていた。

「大家さん、遅かったわね。先にはじめちゃったからね」

テーブルの前に座った玲香が言う。相変わらず黒いスリップにガウンをはおっていて、化粧は濃い。ソバージュヘアが首すじにまとわりついて、切れ長の目が妖しい雰囲気をたたえている。

「大家さん、おひさしぶりー。ああん、逢いたかったよぉ」

吉岡穂南が立ちあがって、抱きついてきた。

「ちょっと、よしなさい……」

「ねえ、今の聞いた！　よしなさい、だって……」

穂南がからかうように言う。

「穂南ちゃん、大家さんなのよ。そんな態度じゃ、ダメでしょ」

それを、田上まり子が諫《いさ》めた。

「はあい……もう、まり子さん、マジメすぎてつまんない！」

「もう二人とも、いい加減にして。大家さん、どうぞお座りになって」

玲香が、自分と穂南の間の席を勧めたので、祐一郎は絨毯に敷かれた座布団の上に胡座をかく。

祐一郎は三人の女に囲まれているのだが、彼女たちはすべて未亡人である。

夫を亡くして、それ以降、独り身を守っているのだ。

吉岡穂南は二十六歳の派遣社員で、今は某会社の受付をしている。受付を担当するくらいだから、容姿は群を抜いてかわいい。ただかわいいだけではなく、顎のラインがすっきりしているのでシャープな感じを受ける。

さらさらのボブヘアで、まだせいぜい二十歳前半にしか見えない。

だが、実際は二年前に結婚し、一年前に夫を交通事故で亡くし、それから、独身女性として暮らしている。不思議なのは、彼女に限って、未亡人につきまとう影のようなものがまったく見受けられないことだ。

今も太腿が丸出しのミニスカートを穿いて、フィットタイプのニットを着ているので、形のいい乳房のラインが強調されている。

同じ未亡人同士でありながら、穂南とまり子は上手くいっていないようだ。おそらく、性格が合わないのだろう。

「大家さん、何になさいます？　ビール、お酒、焼酎もありますが……」

まり子が気を利かして訊いてくれる。

おっとりした雰囲気をかもしだしているが、ミディアムヘアの似合う、癒し系のやさしげな美人である。

「じゃあ、みなさんに追いつくためにも焼酎にしようかな」

「何で割りますか？」

「水割りでいいよ」

言うと、まり子が焼酎の水割りを作ってくれる。

まり子は三十三歳の現役ナースで、ここから近くの病院で働いている。

六年前に、患者だった男と結婚した。八歳年上の会社員だった、そのダンナは脳梗塞にかかり、その後、半年の看病も実らずにあの世に旅立ってしまった。

四年前のことだと言う。それから、うちに引っ越してきてナースをつづけている。

性格も穏やかで、奥ゆかしいし、おっとり形の美人だから、すぐにでも再婚できそうだったが、まり子はなぜか再婚しようとしない。

「では、カンパイしましょ。わたしたち未亡人会と大家さんの健康を祈願して……カンパイ！」

玲香が音頭を取って、四人はコップを合わせる。

祐一郎は、まり子が作ってくれた焼酎の水割りをこくっと呑む。美味い。芋の香りが鼻に抜けていく。

「ところで、慶子さん、大丈夫？」

玲香が祐一郎を見た。

「えっ、大丈夫って？」

「この前、来たとき、我慢しすぎてるなって感じたからね。ぎりぎりって感じだったわ。そうよね？」

問われて、二人がうなずいた。

何がぎりぎりなのかよくわからないが、少なくとも性的な欲求はあの夜、祐一郎が満たした。ぎりぎりな状態を一時は脱したはずだ。

その後、また元に戻ってしまったが……。

「大丈夫ですよ。ご心配なく。とにかく、今は育児に追われていて……幸い、大輝が順調に育っているから、慶子さんも充実していると思うよ」

そう、祐一郎は答える。

「それなら、いいんだけどね……とにかく、それまで一緒だったダンナがいなくなると、いろいろと寂しいのよ、女は……とくに、下半身のほうが……そうよね、穂南ちゃん？」

玲香が穂南に同意を求めた。

「やだぁ、玲香さん。ほんと露骨なんだから……だけど、わたしは全然平気ですよぉ。なぜって、ちゃんとしてるから、セックス」

穂南があっけらかんとして言う。

と、まり子が顔をしかめた。

「信じられないわ。まだ一周忌も迎えていないのに、他の男の人に抱かれるなんて、あり得ないわ。不潔よ」

「どうして、不潔なのよ？　そんなこと言ってるから、まり子さん、いつまで経っても再婚できないのよ」

「わたしは、できないんじゃなくて、しないんです。つきあおうって告白してくれる男は何人もいるのよ」

まり子が珍しく自己主張した。

「だったら、つきあえばいいじゃん。どうして、抱かれないの？　怖いんでしょ」

穂南が攻める。

「そうじゃないわ……わたし、まだあの人のことが忘れられないの。穂南ちゃんにはわからないかもしれないけど……あの人、八歳年上だったけど、ほんとうに素晴らしい男だった。性格もそうだし、わたしのことをいちばんに考えてくれたし……」

まり子が言う。その言葉で、慶子を思い出した。慶子も、おそらく孝介のことをそう感じているだろう。

まり子は亡くなった夫への貞節を守っている。そういう意味では、未亡人の鑑《かがみ》だと言えるだろう。

「そんなにいい男だったんだ？」

穂南がまり子を見た。

「そうよ」

まり子がためらうことなく答える。

「あっちも？」

「あっちって？」

「決まってるじゃない。セックスよ」

穂南が苛立《いらだ》って言う。

「とても上手だったわ。気が長くて、すごくじっくりと愛撫してくれるの」

「……そんなに理想的な男なんているのかしら？」

「いるのよ、それが……だから、ダメなのよ。もう四年も経ってるけど、ほら、新しい男ができそうなときって、どうしても前の男と較べるじゃない？」

まり子に同意を求められて、

「まあ、それはわかるわね」

玲香が答える。

「そのとき、あっ、やっぱり、彼のほうが全然上だって思ってしまうの。そうすると、もう途端に冷めてしまって。だって、たとえそうなったとしても、自分が夢中になれないことがわかっているもの。だったら、そうなる一歩手前でやめておいたほうが、向こうにも失礼がないでしょ？」

まり子がそう語るのを聞いていて、祐一郎もその気持ちはよくわかるような気がした。

もしかして、慶子も同じ思いを、祐一郎に対して抱いているのかもしれない。

だが、穂南が言い返したのには、驚いた。

「それって、食わず嫌いだと思うのね。たとえそうだとしても、実際にパクッとしてみたら、案外に美味しかったりするのよ」

「穂南ちゃんはそうだったの？」

玲香が訊く。

「そうだよ。わたし、彼が死んで三カ月くらいで、もう、あそこが寂しくなっちゃって……女ってそういうことあるじゃない？　ここに無性におチンチンを入れてもらいたくなるときが」

穂南が言って、玲香とまり子の顔を見た。二人がそれを否定しなかったのを見て、祐一郎は、ああ、やはりそうなんだ、と慶子のことを思い出していた。

慶子は妊娠していたから、事情は違っただろうが、子供を産んでしまって、一周忌を終えたとき、おそらくその寂しさに襲われたのだろう。

「で、言い寄ってくる男がいたから、抱かれたの……そうしたら、すごく感じちゃって……もう、イキまくったわ。何度イッたか、わかんないくらい」

穂南の言葉で、祐一郎は得心した。そうなのだ。慶子も激しく求めてきたし、何度も気を遣っていた。女とはそういう生き物なのだろう。

「だけど、穂南ちゃんはその男とつきあってるの？」

まり子が口を挟んできた。

「あいつは、もう捨てたわよ。だって、二度目にしたら、もうあまり感じなかったもの。それに、バカだから……肉体だけで頭のなかはカラッポなのね。そんな男とわたしって、やっぱり釣り合わないじゃない？　だってわたし、かわいいし、頭もまあまあだし、オッパイも大きいし、男なんか選《よ》り取り見取りだもの」

穂南が自慢する。謙虚さが特長の大和撫子《やまとなでしこ》としては、いささか傲慢《ごうまん》すぎる言葉である。

「今だって、言い寄ってくる男たちを捌《さば》くのがたいへんなの。だから、わたしはダンナが死んでかえってよかったと思っているのよ。もっといい男をゲットするチャンスをもらったんだから。だからね、元ダンナのためにも、彼以上の男と再婚しようと思ってるんだ。で、今猛烈な婚活中ってとこ……」

穂南の自信たっぷりの言い分に、一瞬、みんな押し黙ってしまった。

これだけきっぱりと言われると、だったらお好きなようにしてください、と言うしかない。

しかし、女同士はすごい。まり子が言い返した。

「穂南ちゃんって、きっとそうやって次から次と男を替えていくのね。で、結局、誰もいなくなるのよ」

「ふんっ、まり子さんみたいに食わず嫌いで、オマ×コ干からびちゃうよりましよ」

「穂南ちゃんみたいな女を、ヤリマンって言うのよ」

「何よ！」

「ちょっと、やめなさいよ。大家さんの前で、みっともないでしょ！」

玲香が二人の口喧嘩を制した。

「ふんっ……」

と二人は顔をそむける。

「ゴメンなさいね、大家さん」

「いや、大丈夫ですよ」

祐一郎はそう答えて、ぐびっと焼酎を呑む。

「どんどん呑んでくださいよ。そうしないと、わたしたちについてこれないからね」

そう言って、玲香が焼酎のお代わりを作ってくれる。

喧嘩も一段落ついたようで、全体が明るいトークへと変わっていった。

未亡人たちもさらに酔いが進んで、しどけない雰囲気がただよい、これはそろそろお暇《いとま》しないと、と思うのだが、なかなか席を立てない。

女性三人に囲まれることなど、キャバクラ以外ではない。そのキャバクラも最近は行っていない。

「大家さんって、前は何してたの？」

玲香が訊いてくる。すでに酔いがまわっていて、態度もしどけない。

「サラリーマンで、同じ会社にずっと勤めていたんだ」

祐一郎は会社の営業部で課長をしていたが、社内の派閥争いに巻き込まれていやになり、早期退職したことを告げた。また、しばらく前に妻と離婚したことも話した。

「大家さん、なぜ離婚したんですかぁ？」

と、穂南が祐一郎に胸を押しつけるようにして訊いてくる。

その頃には、穂南も酔いが進んでいて、ミニスカートからむっちりとした太腿が際どいところまでのぞいてしまっていた。

右腕にぶわわんとした胸の弾力を感じながら、実情を話した。

「あいつに男ができてね。別れたいというからね……」

「ええ、そうなんですかぁ？」

「ああ……十歳年下だったからね。私じゃあ、満足できなかったんだろ」

言うと、穂南がさらに突っ込みを入れてきた。

「大家さん、当時、奥さんを抱いていなかったんですかぁ？」

「……まあ、そうだね。夜の生活はなかったね。お互い、もう空気のような存在だったからね」

「でも、奥さんにとって大家さんは空気じゃなかったんでしょ？　だって、空気は呼吸をするために必要だから、絶対に別れられないはずでしょ？」

穂南がきついことを言う。当たっているだけに、胸に突き刺さってくる。

「……そうだったんだろうな。私が油断していたんだ」

「そうだったんですね……可哀相、大家さん」

玲香が反対側から、祐一郎の膝に手を置いた。

右側からは胸を押しつけられ、左側からは太腿をナデナデされて、祐一郎は進退窮《きわ》まった。

そのとき、玲香が耳元で囁いた。

「ねえ、大家さん、家賃のほう、もう少し待ってくださらない？」

ああ、やはり来たか、という気持ちだった。この会に祐一郎を呼んだのも、おそらく、家賃の件があったからだろう。ここは簡単に認めるわけにはいかない。

「お相手の若いツバメ、じゃなかった、青年実業家はどうなったの？」

「もちろん、会社を立ちあげたわ。大家さんは詐欺師じゃないかって、疑ってたけど、きっちりと会社は作ったのよ。だから、もう少ししたら、わたしにも投資分に利子がついて戻ってくるわ。だから、それまで待って、お願い……」

玲香がしどけなくしなだれかかってくる。

スナックでもこうやって、お客さんを繋ぎ止めているのだろう。

ガウンから黒いスリップのレース模様の胸元がのぞき、たわわな乳房が半分くらい見えてしまっている。

「ダメですよ。そろそろ一カ月分でもいいから、入れてもらわないと……こっちも遊びでやってるんじゃないんだから……あっ、くっ……やめなさい！」

玲香が股間のものを、ズボン越しにさすってきたので、その手を外して、逃れようと体をひねった。

「おい、ちょっと……やめなさい」

と、どういうつもりなのか、穂南も横から抱きついてくる。

「ふふっ、そう言っているわりには、大家さんのここ、もう硬くなりはじめてるわよ」

玲香がズボンの股間を撫でさすり、握ってくる。

きっと不肖のムスコが、玲香とのセックスを思い出しているのだろう、ますますいきりたってきた。

反対側から、穂南も手を伸ばして、ズボンの股間に触れて、

「ほんとうだ。玲香さんの言うとおりですね……大家さん、すごいわ」

祐一郎を嬉々として見た。

「それはそうよ。だって、大家さん、まだまだ現役なのよ」

玲香がにこっと笑い、

「この前、家賃を待ってもらう条件として、抱いてもらったの。そうしたら、大家さん、すごくセックスが強いの。全然射精しないのよ。お蔭でわたし、何度もイカせていただいたのよ」

そう言って、ますます股間を強くしごき、黒いスリップの胸元を擦りつけてくる。

祐一郎は啞然としてしまった。まさか、玲香がその秘密をよりによって他の店子に洩らすとは――。

穂南とまり子がびっくりしたような、呆れたような顔をした。

「大家さん、そんなことをなさったんですか？」

まり子が眉をひそめた。

「いや、あれは、玲香さんに誘惑されたんだよ」

「誘惑なんてしていなくってよ。あれは、大家さんが随分と乗り気だったから」

「おいおい、それはちょっと違うんじゃないか？」

必死に否定した。

「違わないわよ」

「そんなことできるんだったら、わたしも今、ピンチだから、お家賃待ってもらおうかな？」

穂南が便乗して、そう言う。これが怖かったのだ。

「いや……無理ですよ」

「大家さん、わたしの家賃も待ってくださいよ」

穂南が甘えたような口調で言って、身を乗り出してきた。

祐一郎は後ろに倒されて、仰向けに寝かされた。

3

「大家さん、頼みます。待ってくださいよ」

玲香がそう言いながら、仰臥した祐一郎の着ているジャージの上着を脱がそうとする。

「ダメだって……ああ、おい、コラッ！」

祐一郎は膝を折り曲げた。なぜなら、穂南がジャージズボンを引きさげたのだ。

抵抗むなしくズボンが引っ張られて、足先から抜き取られていく。

だが、いまだブリーフは穿いたままだ。祐一郎はとっさに股間を手で隠した。

穂南がその手をつかんで外したので、股間があらわになった。恥ずかしいことだが、それは見事に勃起して、テントを張っていた。

「あらら、すごく元気！　ねえ、玲香さん、大家さんのおチンチン、すごいよ。ブリーフをこんなに持ちあげてる」

「言ったでしょ？　大家さん、現役だって。それに、持続力がすごくて、全然射精しないのよ」

「そうなんですか？　ふふっ、試したくなった。玲香さん、試していいですか？」

「わたしは別にかまわないわよ」

「ふふっ、すごいな。カチカチ……」

穂南がブリーフ越しに勃起をつかんで、握りしごく。

祐一郎は、これはやめさせなければと思う。

玲香ばかりか、穂南まで家賃を取りはぐれることになったら、一大事だ。それに、店子の女性二人と大家が肉体関係を持ったら、これは相当マズい。

（まり子さんはどうしているんだ？）

見ると、まり子は顔をそむけている。だが、止めることも、この場を去ろうともしない。

（どういうつもりなんだ？）

いや、それよりも問題はイチモツが力を漲らせてしまっていることだ。

ひさしぶりに女性を抱いて、しかも、息子の嫁だった慶子とセックスを果たして、分身が往時の頃の感覚を思い出していた。

なのに、それ以降、お預けの状態がつづいていて、遣り場のない性欲を抱えてしまっているのだ。それで、こんな簡単に勃起してしまう。

やめさせなければ、とは思うものの、下着越しにイチモツを巧妙に握りしごかれると、突き放す力が湧いてこない。

穂南がブリーフの横から手を入れてきた。恥ずかしいほどにいきりたつものをじかに握られる。小さいがしなやかな指が巧妙に屹立を握りしごく。

「おっ、あっ……」

思わず喘いでいた。

「ふふっ、かわいい声をあげて。大家さん、かわいいんだから」

穂南がボブヘアの顔をこちらに向けて、口角を吊りあげる。

その間にも、Tシャツがめくりあげられて、玲香が胸板に唇を押しつけ、さらには乳首を舐めてくる。れろれろれろっと舌であやされると、気持ちとは裏腹にぞくぞくっとしてしまう。

次の瞬間、ブリーフがおろされて、足先から抜き取られていった。

さらけだされたイチモツを手で必死に隠すと、穂南はその手を外して、顔を寄せてきた。

いきりたつ肉柱をつかんで、裏筋をツーッ、ツーッと舐めあげてくる。

「おい、やめな……うっ！」

祐一郎は呻いていた。穂南が、それを頰張ってきたのだ。

「うっ、くっ……！」

分身が温かい口にすっぽりと包まれる。

さらに、穂南は大きく顔を打ち振って、小さいがぷっくりした唇でいきりたちを上下にしごいてくる。

「おお、あっ……やめて、くれ……」

祐一郎は最後の抵抗を試みて、突き放そうとする。

だが、穂南はやめるどころか、ますます精力的に肉棹に唇をすべらせ、根元を握って、ぎゅっ、ぎゅっと強くしごいてくる。

「大家さん、幸せ者ね。だって、こんないい女二人にかわいがられるなんて、まず体験できないわよ」

玲香が、祐一郎の乳首を指でいじりながら、ふふっと艶《なま》かしく微笑む。

「頼む。やめてくれ……こんなことをされても、家賃は待たないぞ」

ただ、やられているだけにはいかなかった。

「あらっ、そんなことを言うなら、やめるわよ。いいのね？」

玲香が言って、穂南もちゅぽんっと肉棹を吐き出す。

（おい、ほんとうにやめるのかよ……？）

まさかの展開に、祐一郎はあたふたしてしまった。

「ふふっ、どうする？　やめる？　言っておくけど、ほんとにやめるからね」

玲香が追い打ちをかけてくる。

「どうって……」

その間にも、穂南が肉棹を指でしごいたり、やめたりして様子をうかがっている。

「どうするのよ？」

せまられて、祐一郎はついついこう言っていた。

「……やめて……いや、つづけてくれ」

「あらっ？　つづけてほしいわけ？　それだと、家賃は待つことになるわよ。いいのね、それで？」

「……ああ」

「じゃあ、もう一度。つづけてくださいって、しっかりと頼んで」

玲香が追い打ちをかけてくる。

屈辱感が押し寄せてきた。だが、目の前にぶらさがっているご馳走を諦めることはできなかった。

「……っ、つづけてください」

そう口に出していた。途端に、自分は何て誘惑に弱いんだ、と自己呵責にさいなまれた。

「それでいいのよ。わかったわ。大家さん、たっぷりとかわいがってあげるわ」

玲香が見くだしたように言う。

「じゃあ、わたし服を脱ぐから、その間、これを頼みます」

穂南が玲香に向かって言った。

「いいわ。任せておいて。搾り取ってあげる」

そう言って、玲香はイチモツに付着した穂南の唾液をそこにあったウェットティッシュで丁寧に拭いさり、それから、頬張ってきた。

「んっ、んっ、んっ……」

と、肉棹に大きく唇をすべらせる。

「くっ……！」

祐一郎は呻く。屈辱感があっという間に消えて、快感に変わっていった。

女性二人につづけてフェラチオされたのはこれが初めてだ。

(ああ、そうか……同じフェラでも微妙に違うんだな)

玲香は口が大きくて、唇がふっくらしているせいか、勃起に触れる感触がソフトでまったりとしている。穂南は口が小さいせいか、きつめだ。

そんなことを考えている間にも、穂南がスカートのなかに手を入れて、パンティストッキングとパンティを脱いだ。

それから、祐一郎の顔面をまたいで、腰を落とした。

目の前に、若草のように薄い繊毛と、ぷっくりと割れた肉土手がせまってきた。

「舐めて……大家さん！」

ぐいと押しつけられて、祐一郎は悩んだ。だが、「やってよ。舐めなさいよ」とせまられると、応じないわけにはいかなかった。

舌を出して、そこに押しつけると、穂南が腰を振って、裂唇を擦りつけてきた。

驚いたのは、その狭間がすでに濡れていたことだ。たっぷりの蜜をたたえた粘膜が、ぬるっ、ぬるっとすべっていく。

「ぁああ、気持ちいいよ……大家さんの舌、ザラザラヌメヌメしてて、最高……ぁあああん、入れてよ、入れてよ」

穂南が腰を振りながら、あさましいことを言う。

穂南は会社の受付を任されるほどのととのった容姿をしている。その美人受付嬢が腰を振って、大家の口に女の園を擦りつけているのだ。

祐一郎は昂奮した。

腰の動きを止めさせて、自分から舌をつかった。甘い芳香を放つ割れ目にぬるっ、ぬるっと舌を走らせると、

「ぁあああん……ぁあああ、気持ちいいよぉ……ぁああ、最高」

穂南が腰を振るので、祐一郎の口許はべとべとになる。

祐一郎は手をつかって、小さな陰核の包皮を剝き、じかに舐める。ぬっと突き出てきた肉の真珠を舌で小刻みに振動させると、

「ぁああん……それ、いい……大家さん、上手。クンニが上手……ああん、へんになる……あんっ、あんっ」

穂南がびくびくと痙攣して、濡れ溝を押しつけてくる。

祐一郎が追い打ちをかけようとしたとき、下腹部のものが口とは違うものに包まれた。

「おおぅ……くっ……！」

甘美な感触に呻いて、下半身のほうを見ると、玲香が騎乗位でまたがっていた。

そして、祐一郎のイチモツはすでに玲香の膣のなかに吸い込まれていた。

「ふふっ、入れちゃった。これでも、クンニできるかしら？」

玲香が黒スリップ姿で、腰を振りはじめた。

膝を建てた蹲踞の姿勢で、ぐいぐいと腰を前後に揺すって、屹立を揉み込んでくる。

「あっ、ちょっと、待った……コラッ、くぅっ！」

祐一郎はクンニどころではなくなって、奥歯を食いしばる。

五十五歳のおチンチンがぐいぐいと揉み抜かれて、根元からもぎ取られそうだ。

「どうしたのよぉ？　クンニできないの？　もう、ダメねぇ。いいわ。わたしが自分で擦りつけるから、舌を出していて」

そう言って、穂南が顔面の上で腰を揺らしはじめた。

びちょびちょの裂唇が顔の上をすべっていき、祐一郎は息ができなくなる。うぷっ、うぷっとかろうじて息を吸う。

下半身では、玲香が腰を上げ下げして、攻めてくる。

(うおお、やめてくれ……！)

祐一郎は心のなかでうれしい悲鳴をあげる。そのとき、

「あああ、玲香さん、わたし、したくなった。したいよ。させてくださいよぉ」

穂南の声が聞こえた。

「そんなにしたいの？　だって、穂南ちゃんはセフレが何人もいるんでしょ？」

玲香がもっともなことを言う。

「それとこれとは別ですぅ。もう、我慢できないよぉ。大家さんのが欲しいの」

「わたしの後だけど、いいのかしら？」

「全然、平気。ねえ、したいの。あそこに入れてほしいの、お願い……」

「あんた、とんでもない淫乱娘ね。いいわ、代わってあげる」

玲香が腰をあげたので、肉棹が空気にさらされる。

穂南が玲香と交替するように、下半身にまたがってきた。ニットを着て、スカートを穿いているが、下はノーパンである。

淫蜜でそぼ濡れた肉柱をつかんで、太腿の奥に導き、ゆっくりと沈み込んでくる。

分身がとても窮屈だが、潤みきっている膣にすべり込んでいき、

「ああんん……！」

穂南が上体を立てて、派手にのけぞった。

「くっ……！」

と、祐一郎も唸っていた。

穂南のそこはとても狭いが、緊縮力があって、挿入しただけで幾重もの肉襞《にくひだ》がうご

めきながら締めつけてくるのだ。

「ぁあん、大家さんのいい感じ。ねえ、その歳でどうしてこんなにカチンカチンなの？」

穂南が上から言って、

「このチ×ポがすごく気に入ったわ。ああん、気持ちいいよぉ」

後ろに手を突いて、上体を反らせ、M字に足を開いて、腰を揺すりはじめた。

ニットは着ているが、ノーブラなのだろうか、胸のふくらみの頂上にぽつんと二つの突起が浮きあがっている。そして、ミニスカートがめくれて、若草のような繊毛の底にイチモツが嵌まり込んでいるのがまともに見える。

「ぁああ、気持ちいい……気持ちいい……ぁあ、大家さんのがぐりぐりしてくるぅ……ぁああ、たまんない」

穂南が激しく腰をつかった。

しゃくりあげるように腰を打ち振っていたが、もともと感じやすいタイプなのだろう。

「ああ、イッちゃいそう……大家さん、出していいのよ。いいんだよ」

ボブヘアのかわいらしい顔を向けて、誘ってくる。

「いや、そう簡単には出ないんだ。だから、イッてもいいんだよ。こっちは全然かまわないから」

「……ほんと先にイクよ。いいのね？」

「ああ、いいんだよ」

「ああ、ぁあああ……大家さんのが、あそこをずりずり擦ってくる……ぁあああ、イキそう。ほんとにイキそう……イクよ。いいのね？」

穂南はまたがって足をM字に開きながら、猛烈に腰を揺すりあげた。下腹部が蕩けながら痺れるような快感が急上昇してきた。

それを懸命にこらえている間に、穂南の腰振りがいっそう激しさを増し、ついには、

「ぁあああ、いやん……穂南、イクよ。イクよ……いいのね？」

「いいぞ。イッていいぞ」

「ああああぁぁぁ、イクぅ……くっ……！」

穂南は両手を後ろに突いたまま、大きくのけぞった。びくびくっと絶頂の波が太腿を走り抜けると、がっくりと後ろに倒れた。

その拍子に、ちゅるんっと肉棹が抜けた。蜜まみれのイチモツはそそりたったままだ。

「ああ、すごいわ。まだまだ、元気じゃないの。信じられないわ……今度はわたしの番よね」

玲香がふたたびまたがろうとしたとき、それをまり子が止めた。

「まり子さん、何するのよ？」

ドンと体当たりされて、玲香が後ろに引っくり返った。

「大家さん、出ましょ。ズボンを穿いて」

と、まり子がズボンとブリーフを差し出してくる。

「いや、しかし……」

「いいから。出ましょう。早く、穿いて！」

まり子が強い口調で言う。その語気の強さに押されて、祐一郎はあたふたとズボンを穿く。と、まり子は祐一郎の手をぎゅっとつかんで、部屋の出入り口に引っ張っていく。

「ちょっと、まり子さん！」

玲香がそれを止めようとするが、まり子はそれを押し退け、祐一郎の手をつかんで廊下に出た。

4

祐一郎はまり子の部屋に連れていかれた。部屋に入って、

「まり子さん、これはどういう？」

祐一郎は訊く。

「どうって……」

まり子がいきなり、抱きついてきた。

身体が火照《ほて》っている。息づかいも荒い。

全身から女が欲情したときの雰囲気がただよっている。

亡くなったご主人への貞節を守っていたとしても、やはり、目の前で男女の性の営みを見せつけられたら、したくてたまらなくなるのかもしれない。

まり子が唇にキスをしてきた。情熱的に唇を重ね、喘ぐような息づかいで舌を差し込み、腰をくねらせて、下腹を擦りつけてくる。キスを終えて、

「バスルームに行きましょ。シャワーでその不潔な体を洗いましょう」

まり子が、祐一郎の手を取ってバスルームへ向かう。

祐一郎は言われるままに脱衣場で裸になった。すると、まり子も服を脱ぎはじめた。

ブラウスとスカートを脱ぎ、白い下着も外してしまう。

一糸まとわぬ姿になったまり子を見て、祐一郎は息を呑んだ。

想像以上に、むっちりとした優美さで、それでいて、肉感的な身体をしていた。

乳房は丸々としたお椀形で立派だ。何より、乳首がピンクなのだ。

肌も色白できめ細かいもち肌である。

(ああ、そうか……色が白いから、乳首もピンクなんだな)

基本的に身体の色が薄い、つまり、色素沈着が少ないと乳首や乳暈がピンクのことが多いような気がする。

ただし、乳暈はひろく、乳首は小さい。陰毛は烏《からす》の濡れ羽色の剛毛がびっしりと生え揃って、ふさふさしている。

バスルームに入ると、まり子がカランにしゃがんで、お湯の温度調節をし、シャワーヘッドをつかんだ。

立っている祐一郎と向かい合う形で、肩からシャワーをかけはじめた。

ちょうどいい温度のシャワーが肩から胸、下腹部へと伝い落ちていく。

「二人に襲われて、災難でしたね。きれいにしましょうね」

切れ長の目を向けるまり子は、生まれたままの姿である。

そのミルクを溶かしたような色白できめ細かい肌が、シャワーの飛沫を浴びて、ところどころ濡れて光っている。

まり子はシャワーヘッドの位置を変えながら、もう一方の手にソープのしみ込んだスポンジを持って、それで、祐一郎の身体を洗ってくれる。

やはり、ナースだから患者の体をきれいにすることに慣れているのだろう。腋の下や股間までも丁寧に洗ってくれる。

股間をスポンジで清められるうちに、また分身がむくむくと頭を擡げてきた。恥ずかしいほどの元気さである。

ちょっと前までは排尿器官に堕していたのに、慶子に色情を覚えるようになってから、どんどん元気になって、今や若い頃と遜色《そんしょく》ない。

「ここは、とくにきれいにしないといけませんね」

まり子がスポンジを離して、じかに手指でそれを擦りはじめた。

泡立つソープの付着したぬるぬるした手で肉の塔を、くちゅりくちゅりと巧妙にさすられると、ますますいきりたってきた。

「大家さんのここ、どうなってるんでしょうね？」

まり子は婉然《えんぜん》と微笑み、祐一郎の手をつかんで、自らの太腿の奥に導いた。ハッとした。濃い翳《かげ》りの底は、すでに洪水状態でぬるっとしたものが指にまとわりついてくる。

「……女って自分が濡れてくるのがわかるんですよ」

そう言って、まり子は前にしゃがんだ。

石鹸の付いた両手で本体と、その下の睾丸袋をにゅるにゅるする。

それから、シャワーで石鹸を洗い流すと、亀頭冠の真裏にちゅっ、ちゅっと唇を押しつけてきた。

「いいの？　まり子さんは亡くなったダンナに操《みさお》を立てているんじゃ……」

「立てていますよ、もちろん。でも、いくら亡くなった男に操を立てていても、死んだ男は抱いてくれませんから」

そう言って、祐一郎を艶めかしく見あげる。

(そうだよな……慶子さんも同じ心境なんだろうな……)

「よく、男は性欲があるけれど、女はないって言われるでしょ？　あれはウソですから。むしろ、女のほうがたまらなくなるときは多いと思いますよ」

まり子が肉棹を握ったまま、見あげてくる。

はっきりした顔だちをしているが、目尻が少しさがっているせいか、温和な感じがする。ナースとしては最高の人材だろう。

患者の多くは、この癒し系の顔を見て、心を和《なご》ませているはずだ。

「四年ぶりだから、上手くできないかもしれないですけど……」

不安そうに言って、まり子が肉棹に唇をかぶせてきた。

ぷっくりとして柔らかな唇が、勃起の表面をゆっくりとすべっていく。

「く……！」

立ち昇る悦《よろこ》びに、祐一郎も天井を仰ぐ。

信じられなかった。二人を相手にしただけでも、人生で初めてのことなのに、もうひとり加わって、短時間で三人の女性を相手にすることになりそうだ。

これも、祐一郎が未亡人ハイツの大家という立場の特典ではある。だが、なかなかこういう機会はないはずだ。人生の運を一気につかってしまっているようで、この先が不安になった。

(うん、待てよ……ひょっとして？)

心配になって、祐一郎は訊いていた。

「まさか……家賃を待ってくれというわけじゃあ？」

まり子はちゅるっと肉棹を吐き出して、

「まさか……わたしは違いますから、安心してください」

にこっと笑って、また肉棹に唇をかぶせてくる。

ゆったりとストロークしながら、皺《しわ》袋を右手であやしてくる。垂れさがった睾丸を持ちあげるようにしてやわやわと揉んだ。それから、さらに手をおろしていき、会陰《えいん》部をマッサージしてくる。

さらに、肛門の周辺にまで指でなぞられて、新鮮な感覚にイチモツがますますいきりたってしまう。

それを感じたのか、まり子は見あげてにこっと笑い、裏のほうを舐めあげてきた。ツーッと裏筋に舌を走らせ、そのまま亀頭冠をぴんっと舌で弾く。

「くっ……！」

びくっと頭を振ったイチモツをうれしそうに見ながら、まり子は肉棹を握って、しごきあげてくる。そのS字を描くようなしごき方が、まり子のセックスのポテンシャルが高いことを伝えてくる。

結婚していたときの相手は八歳年上だったと言うから、夜の生活では彼を奮い立たせるために尽力をしたのに違いない。

（そうか……きっと年上の男のほうが合うんだろうな。それで、この俺を……）

その間にも、まり子はいきりたちを頰張って、亀頭部をチューッと吸いあげながら、根元を握ってしごいてくる。

これはけっこう効いた。

「くっ……おおっ、気持ちいいよ」

思わず言うと、まり子はちらりと見あげて、目尻をさげた。

今度は指を離して、口だけで頰張ってくる。

ぐっと一気に奥まで咥え込んで、白髪混じりの恥毛に唇を接したまま、強く吸う。

繊細な頰がぺこりと凹んで頰骨の形が浮かびあがる。

吸いあげたまま、ゆったりと唇を引きあげていく。途中からまた奥へとすべらせ、そこから今度は亀頭冠まで唇を引きあげる。

その間も、二つの睾丸をお手玉でもするように手であやしている。

さすがナース。手先が器用だし、テクニックもある。

人の体を扱う職業だから、男の扱い方も自然に上手になるのだろうか。

「んっ、んっ、んっ……」

まり子の頭が揺れはじめた。

その頭に白いナースキャップがちょこんと載っている光景を想像してしまい、祐一郎は勝手に昂奮した。

そのとき、フックにかけられたシャワーヘッドからまだシャワーが出っぱなしになっていることに気づいて、あることを思いついた。

祐一郎はヘッドを外して持つと、

「まり子さん、寒いでしょ？　シャワーで温めてあげる」

そう言って、背中のあたりにシャワーをかけた。

無数に分かれている飛沫が背中にぶつかって撥ね、肌を伝って、下半身へと落ちていく。

と、まり子が頬張ったまま見あげて、気持ち良さそうに目を細めた。

「今度は私の番だ」

まり子を立たせて、肩から胸のふくらみへとシャワーを浴びせる。

「恥ずかしいわ……」

と、まり子が両手で乳房を隠した。

その隙に、祐一郎はヘッドをおろし、下腹部を狙った。噴き出るお湯の迸《ほとばし》りが黒々とした翳りとその底を打ち、

「ぁあん……いやっ」

まり子が随分とかわいらしく腰を逃がした。

「ダメですよ。そこに……」

まり子をバスルームの壁を背にして立たせ、片足を持ちあげた。

足が腰の高さまであがって、濃い翳りと女の割れ目があらわになった。そこを狙って、シャワーを浴びせる、

「あっ、やです、やっ……やっ……ぁあん、ぁあんん……ぁあうぅ」

最初はいやがっていたまり子の腰がくねりはじめた。

びっしりと生えた黒い繊毛が水浸しになって、そこからぽたっぽたっと水滴が垂れる。

祐一郎はヘッドを置いて、まり子の前にしゃがんで、翳りの底を舐める。

水浸しになった花肉はお湯とは違うぬめりを帯びていて、ぬるっ、ぬるっと狭間に舌を這わせると、

「……ああ、ダメっ……恥ずかしいわ。ダメです、ダメ……ぁあああうんんん、ぁあああ、気持ちいぃ」

まり子が濡れ溝を押しつけてくる。

祐一郎がさらに濡れた恥肉を舐めると、まり子の様子が逼迫《ひっぱく》してきた。

「ああ、ああ……もうダメっ……」

まり子が腰を激しくせりあげながら言う。

「どうしたらいいですか？」

祐一郎が上を見て訊ねると、まり子は口籠《くちご》もっていたが、やがて、恥ずかしそうに言った。

「入れてください……ああ、言わせないで！」

まり子が激しく顔を左右に振る。

「いいんですね？　貞節を破ることになりますよ」

「いいの……いいのよ。もう、いいの。ああ、我慢できないの」

まり子が訴えてくる。

祐一郎は立ちあがり、まり子に湯船の縁につかまらせて、腰を後ろに引き寄せた。

ぷりっとした肉厚な尻がお湯にコーティングされて、妖しくぬめ光っている。

幸いに、いまだ祐一郎のイチモツは力を漲らせている。

切っ先を女の割れ目にあてがって、静かに腰を突きだしていく。そうしながら腰をつかんで引き寄せると、亀頭部がとても窮屈なとば口を押し広げていき、

「ああん……!」

まり子は大きく喘いで、湯船の縁をつかむ手に力を込めた。

四年ぶりだからか、スムーズには入っていかない。障害物を押し広げるようにして腰を入れると、こじ開ける感触があって、

「くっ……!」

まり子が頭を撥ねあげて、背中をしならせた。

(ああ、これは……!)

まり子のそこは包容力に富んでいて、まったりとした肉襞がうごめきながら、硬直にからみつき、くいっ、くいっと内側へと引き込もうとする。

名器である。動かされている感じだ。

祐一郎はゆったりと突く。なのに、粘りつく力が強くて、ひと突きするたびに、粘膜がまったりとからみついてきて、快感が育っていく。

(おかしい……俺は遅漏のはずだが……)

玲香や穂南を相手にしても、まったく射精しそうにもなかったのに、たちまち追い込まれそうになる。やはり、まり子には好意を抱いているし、それに輪をかけて、女性器の具合がいいからだろう。

「あんっ……あんっ……ぁあああぁ、たまらないの。おかしくなりそう。わたし、もう……もう……！」

まり子がぐいぐいと腰を突きだしてくる。

祐一郎のイチモツが格別に素晴らしいとは思えないから、四年ぶりに男を受けて入れて、子宮が悦んでいるのだろう。

祐一郎は危うく射精しそうになって、奥歯を食いしばってこらえ、前に屈んだ。

両手をまわし込んで、乳房を揉みしだき、頂上の突起を捏ねた。

量感あふれる乳房が指にまとわりつき、乳首はすでに硬くしこっていて、その突起を指で押したり、引っ張ったり、転がしたりすると、

「ぁあああ、いい……いいの……ぁああ、あああああ、力が抜けちゃう……ぁあああ、イカせて、ください」

そう言いながら、まり子ががくっ、がくっと膝を落とす。

祐一郎は一気にフィニッシュしようと力を込めて、尻の底を突いた。

「ん、んっ、あんっ……ぁあああ、いい……」

祐一郎はがむしゃらに腰をつかった。突きだされた豊かな尻に腰をぶつけるようにすると、パチン、パチンと乾いた音が立って、

「んっ、んっ、ぁあんっ……ぁあああ、恥ずかしいわ。イキそう。わたし、イクわ……イカせて！」

「おおぅ！」

祐一郎は吼《ほ》えながら、腰を躍らせた。

夫を亡くして初めてのセックスなのだ。まり子にイッてもらいたい。それが、自分の使命だ。

つづけざまに強いストロークを浴びせたとき、

「んっ、んっ……ぁあああああ、ぁぁああああぁぁぁ……来るわ。来るの……大家さん、突いて。奥まで！」

「こうか！」

祐一郎が腰が砕けろとばかりに強烈な一撃を叩き込んだとき、まり子が、

「来るぅ……あっ、あっ、ぁああああああ、くっ……！」

頭をのけぞらせ、背中を弓なりに反らせて、がくん、がくんと全身で躍りあがった。

それから、湯船の縁を伝うように崩れ落ちていく。

結合が外れて、射精間際のイチモツが頭を振った。

と、それを見たまり子がしゃぶりついてきた。

気を遣ったばかりで、ほんとうは自分の世界にひたっていたいだろうに、祐一郎のことを思って、フィニッシュさせようというのだ。

根元を握って強くしごかれ、頭部を小刻みに唇を往復されながら吸われると、あの陶酔感がやってきた。

「出すぞ、出す……うおおおぉぉぉ、ぁあああああ……！」

自分でも何とも情けない声をあげているなと思いつつも、放っていた。

ドクッ、ドクッとあふれでる白濁液を、まり子は口を離さずに呑んでくれている。

口内発射したのなどいつ以来だろう。随分若い頃だった。

(ああ、俺もまだ口内発射できるんだな)

悦びに酔いしれながら、射精の悦びに身を任せた。

「くっ……くっ……！」

ごく自然に尻が震えてしまう。そして、まり子はあふれでる白濁液を一滴も逃さないとばかりに頬張って、こくっ、こくっと喉を動かしている。

祐一郎はそのことに感激して、まり子の髪を撫でた。

放ち終えても、まり子がチュッーと吸いあげながら根元からしごいてきたので、残っていた精液もすべて搾り取られていく。その悦びと言ったら――。

放出を終えても、まり子は床に座ったままだ。
うっとりと両目を閉じて、口を開けている。
その口の奥に、白濁液が溜まっているのが見えた。

第六章　最高の嫁

1

半年が経過し、やけに暑かった夏が過ぎ去ろうとしていた。

大輝はつかまり立ちができるようになり、すでに「ママ」とか「ジイジ」など口に出せるようになり、まだオッパイは吸っているものの、朝、昼、夜の一日三回の離乳食を摂れるようになった。

夜にまとまって眠るようになり、午前中と午後の二回、きちんと昼寝を取るようになった。

大輝がつかまり立ちができるようになって、慶子はいっそう目が離せなくなったようだが、夜泣きで起こされることがなくなり、肉体的には随分と楽になったようだった。

祐一郎も、慶子が手が離せないときは大輝をベビーカーで散歩させたりと、大輝の相手をして、慶子を助けた。祖父が孫の面倒を見るのはある意味ごく自然なことで、祐一郎は本来の役目を果たしていた。

そして、慶子は育児に家事にと、ほんとうによくやってくれている。

シングルマザーとして育児をするだけでも容易ではないのに、慶子はさらに祐一郎の身の回りの世話まで焼いてくれているのだから、頭がさがる。

慶子が田代家を出ないでくれていることには、感謝しかない。

とは言うものの、祐一郎のなかに慶子への肉体の執着はまだあった。

だが、初めて慶子を抱いた後ほどでもないのは、あれから、アパートの未亡人三人を相手に短時間でトリプルプレイをしたのが原因だった。

今思い出しても、あれはすさまじかった。

自分の欲望を凌駕したセックスだった。そして、あれによって、祐一郎の性欲は一気におさまった。人は自分の欲望を超えたセックスをすると、満足してしまって、いったんは収束するものらしい。

だが、時が経過すると、おさまっていた欲望がふたたび頭を擡《もた》げてきた。

季節が夏になると、当然、肌の露出も多くなる。

慶子がノースリーブのワンピースを身につけ、疲れてソファでうとうとしているときなどは、どうしても視線がその豊かな胸元や、裾からのぞく足に視線が向かってしまった。

(慶子は下半身の欲望はどうしているのだろうか？　あれほど求めてきたのだ。今もあの孝介のペニスをかたどったディルドーで自分を慰めているのだろうか？)

最近の慶子は以前と較べて明るくなったような気がする。

下半身のことなど忘れてしまったかのように、育児に家事に専念している。それはそれで、とてもありがたいことであり、祐一郎としてはむしろ喜ばなくてはいけないことだった。

しかし、一度慶子の素晴らしい肉体を味わってしまっているがゆえに、体の奥のほうには、あれをもう一度体験したいという気持ちが渦巻いていた。

夏が過ぎようとしていたその日の昼下がり、三人はリビングで寛《くつろ》いでいた。

ソファにつかまり立ちをする大輝の相手をしていた慶子のスマホが呼び出し音を立てた。

慶子は画面を見て、

「すみません。ちょっと、大輝を見ていてください」

と、大輝を祐一郎のもとに連れてきた。

そして、電話の応答をするために、リビングを出ていった。

(誰からだろう？　聞かれてはマズい電話なのだろうか？)

祐一郎は疑心暗鬼に駆られながら、大輝をあやしていた。

しばらくして、慶子がリビングに戻ってきた。

「すみません。急用ができてしまって……お義父《とう》さま、しばらく大輝を見ていていただけませんか？　そろそろ昼寝の時間なので、オネムになると思います。そうしたら、ベッドに寝かせてください。なるべく早く戻ってきますから」

そう祐一郎に言う。

「いいけど……何だ、急に？」

「すみません……あの、今の電話はママ友からなんですが……今度、彼女の家でママ友会を開くことになっていまして、そのことで、ちょっと手伝ってほしいと……すみません」

「今、行かなくちゃいけないことなのか？」

「はい……もうママ友会がせまっているので……ダメですか？」

「大輝は連れていけないのか？」

「すみません。ちょっと作業があるので、いないほうが……」

「そうか……そういうことなら、しょうがないな。なるべく、早く戻ってきてくれよ」

「はい……一時間はかからないと思います」

「いいよ。わかった。ママ友は大切だからな。行ってらっしゃい」

「すみません。行ってきます……大輝、ママ用があるから、少し待っててね。すぐに帰ってくるからね」

慶子は大輝に言い聞かせて、普段着のまま家を出ていった。

（慶子さんにしては珍しいな……まあ、ママ友に呼ばれたんだから、仕方ないか）

大輝を抱っこして、窓から慶子の姿が遠ざかっていくのを見守っていると、いったん道路を歩いていった慶子がいきなりUターンして、戻ってきた。

（うん、何か忘れ物か？）

その姿を見ていると、慶子は家には帰らずに、アパートに向かっていくではないか？

（おいおい、どういうことだ？）

大輝を抱っこしながら窓から見ていると、慶子が『ハイツ田代』に到着し、101号室の前で立ち止まり、インターフォンを押した。

すぐに、ドアが開いて、慶子は周囲を見まわしながら、部屋に入っていく。

（………！）

祐一郎には何が起こっているのか理解できない。

101号室は大学生の君塚拓海の部屋だった。

（なぜ、ウソをついてまで君塚くんの部屋に？）

頭をひねったとき、半年前のあの出来事を思い出した。

あのとき、慶子はアパートの前で、君塚と立ち話をしていた。

ベビーカーに大輝を乗せた祐一郎が近づいていくと、慶子は、君塚の就職のことで相談に乗っているのだと話した。

それはいいのだが、あのとき、君塚は慶子を『慶子さん』と呼んでいて、そのことが頭に引っ掛かっていた。

（まさか……慶子さんが君塚くんと出来てるなんてことはないだろうな）

あるはずがない。だいたい慶子があんな青二才を相手にするはずがない。

（では、なぜ慶子はあの部屋に……？）

大輝を縦抱きにして、背中をトントン叩きながら、101号室を見守りつづける。ちょっとした用で、すぐに慶子が出てくる可能性が高いと踏んでいたからだ。しかし、ちっとも出てこない。

(まさか、まさかな……)

祐一郎は全身にねっとりとした冷や汗が滲んでくるのを感じた。

(どうしたらいい？)

アパートまでは二、三分で行ける。

二人が何をしているか確かめたかった。

だが、大したことでなかったとしたら……。

迷っているうちに、大輝がこっくりこっくりとやりはじめた。

昼寝の時間であり、祐一郎に抱かれて安心したのだろう。

今の大輝はいったん昼寝をしたら、しばらくは起きないと聞いていた。

(よし、まずは大輝を寝かせつけて、見にいこう)

リビングに置いてあったベビーベッドにそっと大輝を寝かせて、毛布をかけた。胸をとんとんと軽く叩いているうちに、大輝は完全に眠りに落ちた。

(短い時間なら、ひとりにしても大丈夫だろう)

祐一郎は起こさないように静かに家を出て、そこから、ハイツまで急いだ。

１０１号室の前に立ち止まって、聞き耳を立てた。

だが、ドアが厚いので何も聞こえてこない。

チャイムを押して、とも考えたが、それでは、祐一郎が慶子を監視していたことがばれてしまう。

しょうがないので、窓側にまわる。

ここは一階だから、外から部屋を覗くことができるはずだ。それに、ブロック塀で囲まれているから、道路からは自分が覗いているところはあまり見えないだろう。

（しかし、何をしているんだ？　まさかな……）

ブロック塀と建物の間に身を潜ませて、１０１号室の窓を見ると、カーテンは閉められていたが、中央に少し隙間がある。

そこに顔を寄せて、室内を見ると――。

ベッドの端に足を開いて腰をおろした君塚拓海の前に、慶子がしゃがんで、股間のものを頬張っていた。

（………！）

祐一郎は言葉を失った。あまりにも衝撃的すぎて、一瞬、頭のなかが真っ白になった。

真っ白になった頭が徐々に理性を取り戻すにつれて、この現実が襲いかかってきた。

目の前の光景を現実だとは思いたくない。

だが、これはどう見ても、慶子が君塚のイチモツをフェラチオしてやっているのだ。

すでに、慶子のワンピースは上半身がはだけられて、見事に充実した乳房がこぼれでていた。そして、慶子はいきりたっている君塚の肉柱の根元を握ってしごきながら、先端を小刻みに頬張り、吸っている。

慶子は時々、黒髪をかきあげて、ちらりと君塚の様子をうかがう。

無理やりやらされているとは思えなかった。

(ということは……？)

そこから先は考えたくはなかった。

君塚は「くっ、くっ」と呻きながら、顔をのけぞらせている。もたらされる歓喜のなかで、まだ少年の面影を残した顔をくしゃくしゃにしている。

(何てことを！)

嫉妬とともに怒りが込みあげてきた。

今すぐ乗り込んでいって、やめさせるべきだ。『慶子、バカなことをするんじゃない！』と二人を引き離すべきだ。

だが――。

それ以上に、何か胸の底から熱い情欲のようなものが込みあげてきて、それが頭の芯を痺れさせていて、動けない。

視界がぼぅと霞んでいる。昂奮しているのか？

(俺は慶子がこの大学生のおチンチンを咥えるのを見て、発情しているのか？)

まさか、そんなことはあり得ない。あってはならないことだ。

しかし――。

体が凍りついてしまったようで、手を動かすことも、何かを叫ぶこともできない。

そのとき、

「ぁああ、ダメだ。出ちゃうよ！」

君塚の声がガラス窓を通して、聞こえてきた。

と、慶子がちゅるっと肉棹を吐き出して、君塚を見あげた。その目が潤みきって、女の情欲をたたえているのを見て、祐一郎はその艶かしさに心臓を射抜かれる。体が震えだした。

慶子が小さな声で何か言って、君塚がうなずいた。

微笑んで、慶子がワンピース姿でシングルベッドにあがって、仰向けになった。

そして、君塚が上から覆いかぶさっていった。

あらわな乳房にしゃぶりつき、乳首を吸いながらふくらみを荒々しく揉んだ。稚拙《ちせつ》な揉み方だった。だが、慶子は顔をせりあげ、

「ぁあああ……あうぅ」

喘ぎ声を洩らしたではないか。そして、それを封じようとでもするように右手の甲を口に持っていった。

位置的にはっきりとは見えないが、きっと、乳首から母乳があふれているのではないだろうか？ そして、君塚はそのミルクを呑み、母に甘えるようにして、しゃぶりついているのではないだろうか？

だが、君塚は赤ちゃんではない。立派な大人なのだ。その証拠に、股間のものはすごい勢いで勃起している。

そして、慶子は右手の甲を口に当てて声を押し殺しながらも、左手を君塚の下腹部に伸ばして、その屹立を握りしごいているではないか。

(ああ、何てことを……！)

最愛の女がアパートの住人に、しかも、まだ二十歳になったばかりの若者に手を出

しているのだ。

やめさせるべきだ。二人ともぶん殴ってやる。

しかし、体が凍り付いたようで動けない。

それに、さっきから股間のものが力を漲らせて、ズボンを突きあげている。

(なぜこんなにおっ勃てているんだ、俺は！)

目を閉じて、頭を激しく左右に振った。

目を開けて、もう一度室内を盗み見る。

と、君塚の顔が慶子の下腹部に埋まっていた。そして、慶子は自ら足をひろげ、膝を持ちあげて、君塚がクンニをしやすい体勢を取っているではないか。

君塚の頭が縦に揺れて、

「ぁあああ……ぁあああうぅぅ」

慶子が顔をのけぞらせて、喘いだ。その艶かしい声が窓を通して聞こえてくる。

あり得ない。こんなことはあってはならないことだ。

慶子はまだ一歳にも満たない乳呑み子を抱えた母親なのだ。それなのに、アパートの住人に身体を許している。

だが、祐一郎の目に映じているのは、大学生にクンニされて、腰を振っている慶子の姿だった。
「あああ、あああ……いや、いや、いや……はうぅぅ」
そう声を洩らして、慶子が下腹部をせりあげた。
まるでもっと舐めてと言わんばかりに腰を振りあげ、そして、上下に揺すった。
(おおぅ、慶子さん、あさましいぞ！)
罵《のの》りながらも、分身がますますいきりたってきた。
そのとき、君塚が股ぐらから顔をあげた。
そして、すごい勢いでいきりたっているものをつかんで、腰を寄せた。
(おい、入れるのか！　ダメだ。それは絶対にダメだ！)
と、慶子が自ら膝を開いて、君塚の勃起をつかみ、それを導こうとした。
(やめろ……！)
次の瞬間、祐一郎はガラス窓をガンガン叩いていた。
窓が揺れ、ガラスを叩く音が聞こえたのか、君塚がハッとしてこちらを見た。
そして、そのカーテンの隙間からガラス窓を叩いている祐一郎を発見したのだろう。
一瞬、目がカッと開かれ、それから、ストンと腰が後ろに落ちた。
股間のいきりたっている肉棹がむなしく宙を指している。

つづいて、慶子がこちらを振り向いた。

カーテンの隙間から覗いている祐一郎と目が合って、慶子はびっくりしたように目を見開き、それから、あわてて胸を隠した。

怒鳴りつけてやりたかった。だが、ここで怒声をあげては、アパートの住人に事情を知られてしまう危険がある。まだ、そのくらいの判断力は残っている。

祐一郎は無言で二人をにらみつけ、その場を離れた。

禁断の現場を見られたのだから、もう二人はあれ以上のことはできないはずだ。

祐一郎は家に戻って、リビングで慶子の帰りを待った。

すぐに、慶子が息を切らせて帰ってきた。リビングに入ってきて、祐一郎の前に正座し、

「すみませんでした」

額をカーペットに擦りつけた。

慶子が目の前で土下座して謝っている。だが、祐一郎の気持ちは謝罪されたくらいで、到底おさまるはずもなかった。

「大輝をあやしながらあなたを見送っていたんた。そうしたら、いきなりUターンして、アパートに……ウソをついていたんだな。あいつと乳繰り合うために、大ウソを

ついた。ママ友の手伝いに行くだと？ 私によくそんなウソがつけたな。そんなに、あいつに抱かれたかったか？」

「すみません。いけないことをしてしまいました。すみません」

慶子はまた額を床に擦りつける。

「謝って済むものじゃない！ どういうことだ？ 君塚くんと肉体関係があるんだな？ いつからだ？」

祐一郎はひとまず事実を知りたかった。

慶子はうつむいたまま、口を開こうとしない。

「言えないのか？ だったら、いい。今すぐ、ここを出ていってもらおう。出ていきなさい！」

自分でもびっくりするほどの厳しい言葉が、喉を突いてあふれた。

ためらっていた慶子が事情を話しはじめた。

「……君塚くんは前から、その、わたしに好意を持っていると……それはわかっていました……」

「やはりな。そうではないかと思っていた。しかし、だからと言って、なぜ慶子さんが……」

「わたしがいけないんです。二カ月ほど前、家に電話がかかってきて……出たら、彼からでした。就職先のことで、わたしに話が聞きたいと。彼は孝介さんの会社を就職先のひとつとして考えていると言っていたので……」

「ああ、それは聞いたよ。前にな」

「それで、大輝をひとりにするわけにはいかないと言ったら……彼がここに来るからと」

「で、それを認めたのか？」

「はい……すみません。ちょうどお義父さまがいらっしゃらなかったので……」

「で、そのとき？」

「彼が家に来て、孝介さんの会社のことを知っている限り、教えました。わたしは、関連会社に勤めていたので……そのうちに、様子がおかしくなって彼が……」

「どうしたんだ？」

「わたしのことを好きだと……ずっと好きだったと、打ち明けられて……。それから、自分はまだ女を知らない。童貞であると。その童貞をわたしに奪ってほしい、捧げたいと……でも、そんなことはできるはずがありません。わたしは、気持ちだけは受け取っておきますと言って、彼を帰しました」

大家の息子の嫁、しかも、未亡人に告白するとは……。

いくらまだ大学生だとは言え、信じられない男である。

「……で、それから？」

「しばらくして、彼から家に電話がかかってきて……昼間だったんですが、ぐでんぐでんに酔っぱらっていて。お酒をこんなに呑んだのは初めてだと言っていました。それで、このまま睡眠薬を飲んで、永久に眠るからと……脅しではなくて、ほんとうにやりかねないと思いました。どこにいるのかと訊いたら、部屋にいると……それで、わたしはお義父さまに大輝を見てもらって、買い物をしてくるからと、アパートに行きました」

「そうか……そのときも私を騙したんだな」

「すみません、ほんとうに申し訳ありません。でも、そうするしかなかったんです。で、部屋に行ったら、彼は大量の薬を前にして、ベッドに座っていました。べろんべろんに酔っぱらっていました。わたしはやめさせようと……そうしたら、彼に組み伏せられて。抵抗しました。でも、彼はだったら死ぬからと、睡眠薬を口に放り込みました。わたしは口から吐き出させて、それから……」

「受け入れたのか？」

「すみません。そうするしかなくて……君塚くんはやはり、女を知らないようでした。なので……」

「上になって、腰を振ったのか！　女を教えてやったのか？」

「……すみません」

「だったら、今日のことはどう説明する？」

「……今日も彼がわたしが来てくれないなら、薬を飲むからと。あれから、逢うのを断ってきたから、きっと彼は薬を……それで、行かざるを得なかったんです」

慶子が伏せていた顔をあげた。

その今にも泣きださんばかりの顔を見ると、ウソをついているようには見えなかった。だが、慶子がフェラチオしているときの、慶子の至福に満ちた顔を思い出した。

「ほんとうにそうか？　慶子さんはいやいややっているようには見えなかった。むしろ、幸せそうだった。あいつの汚いチンチンを舐めながら、うれしそうにあいつを見ていたじゃないか？　しかも、感じていた。オッパイを吸われ、あそこを舐められて感じていた。いい声をあげていたじゃないか！」

「違います。違うわ……わたしは感じたりしていないわ」

慶子が首を左右に振った。

「いや、明らかに感じていた。慶子さんはあいつを相手に、自分の欲求不満を解消していたんだ。むしろ、都合が良かったんだろ？」

「……違うわ。お義父さま、ひどいわ……わたしは……」

「自分の胸に訊いてみろ。今日だって、あいつに呼び出されて、じつはうれしかったんだ。私に邪魔されて、ほんとうは残念でしょうがないんだろ？　今だって、あそこが疼いているだろ？」

「……違います！」

「じゃあ、試してみるか？　濡らしているかどうか確かめてやろうか」

「……お義父さま、なぜそんなひどいことをおっしゃるんですか？　ひどいわ」

「とにかく、慶子さんはうちのアパートの住人と寝た。失望したよ。もうあんたを護れない。出ていってくれ。ここから、荷物をまとめて出ていきなさい！」

祐一郎は自分でもその厳しすぎる言葉に驚いていた。

だが、そうでも言わないと気が済まなかった。

「すみませんでした。反省しています。もう、しません。絶対にしません……ですから、ここに置いてください。ここを追い出されたら、わたしも大輝も……いえ、わたしはいいんです。ひどいことをしたんですから……でも、大輝だけは……お願いします。ここに置いてください！」

慶子が近づいてきて、祐一郎の下半身にすがりついてきた。

「ここに置いてください。もう、しません」

「ダメだ。あいつのあそこを握っていたその不潔な手で、私に触らないでくれ！　不潔だよ。あんたには失望した」

祐一郎は立ちあがり、慶子をひとり残して、二階へと階段をあがっていった。

2

夜、祐一郎は布団に横になっても、目が冴えて眠れなかった。

(どうして、あんなひどいことを言ってしまったのだろう？)

後悔した。

考えたら、自分だってアパートの未亡人三人と身体を合わせているのだ。慶子を責める資格などないのだ。

それに……。

あのときはあんなことを言ってしまったが、よく考えると、慶子としてもどうしよもなかったのではないか？　自分に惚れている若い男に、睡眠薬で死ぬとせまられたら、ああするしかなかったのではないか？

いや、他に方法はあったはずだ。

しかし、たとえそうだったとしても、慶子と大輝を追い出すことはないだろう。いや、しかし……。

布団の上でまんじりともせずに天井板の節目を眺めていると、廊下を近づいてくる足音が大きくなった。

(うん、慶子さんか？)

布団に上体を起こすと、コンコンとドアをノックする音がして、

「お義父さま、慶子です。すみません、お話があります。入ってよろしいでしょうか？」

慶子の声がする。

大輝が寝ついたので、やってきたのだろう。

「どうぞ」

わざと迷惑そうな声を出して、祐一郎は布団の上に胡座《あぐら》をかいた。

すぐにドアが開いて、慶子が入ってきた。臙脂《えんじ》色のガウンをはおって、その肩にか

るく波打つ髪が散っている。

「何しにきた？」

意識的に突き放すように言うと、慶子が畳に正座し、祐一郎を見て、

「お義父さま、わたしと大輝をここに置いてください。お願いします」

頭をさげて、額を畳に擦りつけた。

祐一郎の気持ちは動いた。認めてやるべきだ。大輝は自分の孫なのだ。慶子だって孝介の死後も自分の身の回りの世話から、家事までやってくれている。それに、一度とはいえ、その素晴らしい肉体を抱かせてもらっている。

たったひとつの過ちで、突き放していいものか？

だが、網膜には、慶子が君塚の勃起を頬張っているあの映像が焼きついて離れないのだ。それが、慶子につらく当たらせる。

「ダメだ。金銭面の援助はしてやる。だから、ここを出ていってくれ。君塚くんがアパートにいるんだぞ。どうしようもないだろ？」

「……彼は……もう、求めてこないと思います。わたしがきっちりと言い渡しましたから」

「そんなこと、わからないじゃないか……彼にしたら……」

「わたしがよく言い聞かせます。もう二度と逢いません。絶対に。約束します」

「ダメだ……あなたの言うことは信用できん。私を二度も騙したんだからな」

祐一郎も迷っている。だが、そう簡単に許すわけにはいかなかった。

慶子が立ちあがった。

何をするのかと見ていると、慶子はガウンの腰紐を解き、ガウンの前を開いた。

（えっ……！）

祐一郎は絶句した。

慶子はガウンの下には何もつけていなかった。そこにあるのは、いまだ豊かさを保ったたわわな乳房であり、悩ましい曲線を描く腰のラインであり、長方形にととのえられた漆黒の翳りだった。

その見事な裸身が、枕明かりのランプの明かりに仄白く浮かびあがっている。

慶子が祐一郎をじっと見て、言った。

「わたしを……お義父さまのお嫁さんにしてください」

「えっ……？」

「お義父さまの奥様にしてください。それがダメなら、お義父さまの愛人にしてください」

そう言って慶子がじっと見つめてきた。

「あなたは、自分が何を言っているのかわかっているのか？」

「……わかっています」

慶子がガウンを後ろに落とした。

息を呑まずにはいられない抜群のプロポーションにランプの光が映えて、女体がいっそう甘美に見える。

「だから、ここに置いてください。お願いします。お義父さまのお嫁さんにしてくださ い」

「……嫁にするということは、夜の生活もあるってことだぞ」

「わかっています。ほんとうはずっとお義父さまに抱かれたかった。あの後も、ずっと我慢していました」

慶子がぎゅうと抱きついてきた。

「お義父さま……わたしを捨てないでください。何でもします」

そう言って、慶子は祐一郎の胸に顔を埋めてきた。

柔らかくてすべすべの髪を感じた途端に、さっきまで抱いていた怒りがウソのように消えていった。

「私の嫁になれるのか？」

「ええ、なります」

慶子が胸板から顔をあげて、見あげてくる。

髪が乱れて、顔にかかっている。アーモンド形の目には、うっすらと光るものが滲んでいる。

「わかった。ここにいてくれ」

祐一郎は慶子をそっと布団に寝かせた。

黒髪を扇のような形で枕に散らした慶子が、涙目で見あげてくる。

「君塚くんのことは私に任せろ。何とかしてやる」

祐一郎はかねてから考えていたことを、告げた。

「ありがとうございます。でも、彼を追い出したりしないでくださいね」

「……やさしいな。そういうところに、つけ込まれるんだ。まあ、いい。他の方法を考えるよ」

「ありがとうございます……お義父さま、キスしてください」

「いや、キスなんて……」

「照れていらっしゃる。夫婦になるんだから、キスするのは当たり前じゃないですか」

一瞬にして、主導権を奪われていた。慶子が下から両手を伸ばして、祐一郎の顔を持ち、ぐっと引き寄せる。

柔らかな唇が唇に重なってきた。

しかし、祐一郎はもともとキスが苦手である。ただ唇を合わせていると、慶子が下から角度を変えて唇を合わせ、そして、唇を舐めてきた。

ぬるりとした唾液が塗りつけられ、思わず口を開くと、そこに女の舌が忍び込んできた。祐一郎もおずおずと舌を突きだす。

その舌になめからな舌がからまって、吸われる。

すぐに吐き出して、慶子が顔の角度を変えて、唇を合わせてきた。ぐいと引き寄せられて、祐一郎もねちゃねちゃと舌をからめ、貪りあう。

すると、その蕩けるような感覚が下半身へとおりていき、イチモツが力を漲らせてきた。

それを感じたのか、慶子が手をおろし、ズボンと下着の下にすべり込ませて、イチモツに触れ、握ってくる。

ねっとり舌を吸われながら、分身を握りしごかれると、祐一郎は身も心もとろとろになりながら昂揚してきた。

（ああ、やはり俺は慶子さんが好きなんだな）

祐一郎はつくづくそう思う。おそらく、好きすぎて、君塚に強い嫉妬を覚えていたのだろう。自分がこれほど独占欲の強い男だとは知らなかった。

慶子は唇を離して、祐一郎のパジャマのボタンをひとつ、またひとつと外していき、前を開いて、胸板にキスをしてきた。

ちゅっ、ちゅっと唇を押しつけ、乳首を舐めてきた。

ゆっくりと上下に舌を這わせ、それから、舌を横揺れさせて乳首を弾く。そうしながら、しなやかな指で肉棹をしごいたり、強弱をつけて握ってくれる。

「おおぅ、気持ちいいよ」

思わず言うと、慶子は乳首に舌を接したまま見あげて、にっこりと微笑む。

それから、キスを下におろしていき、パジャマのズボンとブリーフを両手で持って、引きおろし、足先から抜き取っていく。

さげるはなから、屹立が頭を振りながら姿を現した。

たっぷりと休養を取った分身は、充分すぎるほどのエネルギーを蓄えて、いきりたっている。

それをちらっと見た慶子が、

「お義父さまの……ほんとうにお元気だわ」

祐一郎を見て、それから、足の間に腰を割り込ませて、肉棹を握った。

這うようにして屹立をゆったりと擦った。それがますますギンとしてくると、

「ほんとうに、孝介さんにそっくり。初めてしたとき、他の人としている気がしなかったんですよ」

やさしげな目をして、慶子は巧みに握りしごいてくる。

「うれしいよ、すごく……だが、それはもう言わないでくれないか？　つまり、私は私で孝介じゃない。それにあんまり言われると、孝介に嫉妬してしまうんだ」

「すみません。もう言いません……お義父さまって意外と嫉妬深いっていうか、独占したいほうなんですね？」

慶子が言う。

「……じつは、私もさっきそう思った。いやだろうね、こんなに独占欲の強い男は？」

「いいえ、むしろ惹かれます。女は独占されたい生き物なんですよ。好きな人に独占されたいわ。お義父さまのお好きなように、慶子をかわいがってください。お義父さ

ま流で」

「そうか……わかった。俺流でやる」

「はい……」

慶子が上から肉棹を頬張ってきた。

一気に根元まで咥えて、ぐふっ、ぐふっと噎《む》せた。だが、肉棹は吐き出そうとしない。

「気持ちがいいよ。慶子さんに包まれている気がする」

うっとりして言うと、慶子は下からちらっと見あげ、ゆっくりと顔を振りはじめた。

柔らかな唇が適度な圧力でもって分身を包み、静かにすべっていく。ジーンとした痺れに似た快感がうねりあがってきた。

「おおぅ、ああ……最高だ。慶子さんの唇はほんとうに気持ちいいよ」

言いながら、慶子を見た。

慶子は口だけで肉棹を頬張りながら、時々、邪魔な髪をかきあげて、自分の愛撫がもたらす効果を推《お》し量《はか》るような目で、祐一郎を見あげてくる。

鼻の下が伸びて、Oの字になった唇が肉の塔にからみつきながら、すべっていく。

四つん這いになっているので、尻が持ちあがって、その形がはっきりとわかる。

と、慶子がちゅるっと吐き出して、裏筋を舐めてくる。いきりたちをつかんで、ぐっと姿勢を低くし、根元から先端にかけて、ツーッ、ツーッと舌を裏筋に沿って走らせる。

「おっ、あっ……」

ぞわぞわっとした快美感が走り抜けていき、祐一郎は歓喜に目を閉じた。

と、慶子が祐一郎の両膝を持ちあげて、顔の位置をさらに低くした。そして、あらわになっている睾丸袋を丹念に舐めてくる。

「おおぅ、そんなところまで……ああ、気持ちいいよ。気持ちいい……くうぅ」

祐一郎はもたらされる快感を心から味わった。

慶子も皺のひとつひとつを伸ばすかのように丁寧に舐めてくれる。

やはり、慶子も覚悟を決めたからだろうか、祐一郎の実質的な嫁になると決心をして、愛撫にもいっそう情愛がこもっているように感じる。

そのとき、片方の睾丸が慶子の口のなかに消えた。

慶子は睾丸を口に含んで、もぐもぐと口のなかで転がし、吐き出して、もうひとつの睾丸を頬張った。

そして、舌を睾丸にからめて転がしながら、じっと祐一郎を見あげてくる。

その、微笑んでいるような、気持ちいいですかと問うような目が、慶子という女の一筋縄ではいかない奥深さを伝えてくる。

その間も、片方の足を放して、空いた手で肉棹を握りしごいてくれるので、快感は途切れることなく、上昇していく。

(慶子さんは好きになった男には、こんなことまでしてくれるのだな)

祐一郎は慶子にますます惚れてしまう。

慶子は睾丸を吐き出して、裏筋を舐めあげ、さらに、屹立を横咥えして、側面に舌を走らせる。

それから、また上から頬張ってきた。

今度は根元を握り、余った部分に唇をかぶせて、リズミカルにスライドさせる。

分身の根元をしごかれる快感に、敏感な亀頭冠を頬張られる悦びが加わって、得も言われぬ充溢感がひろがってきた。

分身が悦び勇んで、頭を振っている。

慶子のなかに入りたくて、躍りあがっている。

「慶子さん……あなたが欲しい」

思わず訴えると、慶子が顔をあげて、祐一郎の下半身にまたがってきた。

いきりたつものを太腿の奥に擦りつけて、

「あああ、あうぅ」

と、低く喘いだ。

驚いたことに、慶子の割れ目はすでにぬるぬるで、亀頭部がそこをすべるだけで、

「ああ、気持ちいいの。お義父さま、ほんとうに気持ちいいの」

慶子はがくっ、がくっと腰を震わせる。

3

慶子が下を見て、自らの恥肉を指でひろげ、屹立の頭へ押しつけた。

それから、ゆっくりと沈み込んでくる。

充溢しきった頭部が狭いとば口をひろげ、さらにその奥へと嵌まり込んでいくと、

「ああああ……!」

慶子は低いが凄艶な声をあげて、腰を落としきった。

屹立が見えなくなるまで呑み込んでおいて、前傾し、祐一郎の肩をつかんだ。そして、前屈みになりながら腰を振る。

「おおぅ、くっ……！」

祐一郎はもたらされる歓喜に、奥歯を食いしばった。

根元まですっぽりと膣に包み込まれた分身が、その温かい坩堝《るつぼ》に揉みくちゃにされて、うれしい悲鳴をあげる。

そして、慶子も祐一郎の肩につかまって、上体を斜めにしながらその柔軟な腰を躍らせて、ぐいぐいと肉棹をしごいてくる。

(ああ、これはすごい……！)

根元までおさまりきった肉棹の先が、ぐりぐりと子宮口をうがち、捏ねているのが感じられる。そして、全体をすっぽりと包み込まれていることの気持ち良さ——。

「ああ、ああ……いい……お義父さまが奥に、奥にいます……ぁああ、止まらない。腰が止まらない……くぅぅぅ」

慶子の腰づかいが激しさを増し、べちゃべちゃになった濡れ溝が祐一郎の下腹部に擦りつけられる。

(慶子さんをもっと悦ばせたい……！)

祐一郎は両手を前に伸ばして、左右の乳房をつかんだ。

すると、たわわなふくらみが柔らかく沈み込んで、透きとおるようなピンクの乳首からわずかに白いものが滲んできた。

以前ほど多くはないが、やはり、まだまだ母乳は製造されているようだ。

それに、全体もいまだ大きなままで、その豊かに張りつめた乳肌から幾重にも分かれた血管が青く透けだしている。

ふくらみを揉み込んで、指で乳首をかるくノックすると、それがむくむくと頭を擡げて円柱に伸び、硬くしこってくる。

そして、乳首の敏感な慶子は、

「あっ……あっ……」

と抑えきれない声を洩らして、がくっ、がくんと痙攣する。そのたびに、屹立をおさめた膣肉が締まってきて、祐一郎はその快感に呻く。

左右のカチカチになった乳首を指で連続してノックすると、慶子の身体の震えが止まらなくなり、

「ぁああ、ぁああ、ダメっ……それ弱いんです。それ、ダメっ……あっ、あっ、ぁああんん……ぁああうぅぅ、腰が勝手に……」

慶子はそう言いながらも、腰をくなり、くなりと揺らめかせる。

その頃には、乳首から米のとぎ汁のように白い液体があふれていた。

「慶子さん、オッパイを呑ませてくれ」

言うと、慶子がこくんとうなずいた。

祐一郎は背中を丸めて、下から乳房にしゃぶりついた。

量感あふれるふくらみを揉みしだき、突起を口に含んでチュー、チュー吸うと、淡い甘さのある母乳が口腔を満たし、それをごくっ、ごくっと呑む。

美味しい……。自分が赤ちゃんの頃に戻ったような気がして、身も心も昔返りをしていく。

(はっきりと覚えてはいないが、乳呑み子であった頃は母の胸に抱かれて、好きなだけオッパイを吸って、幸せだったんだろうな)

陶然とした。だが、

「あっ……ぁああ……ぁあああ、気持ちいいの」

慶子の声で、ハッと現実に引き戻された。

(そうだ……俺は今、慶子と繋がっているんだった)

祐一郎は乳首を舐めた。白い液体の付着した突起を、舌先で上下になぞり、左右に弾くと、慶子の反応がいっそう強くなり、

「ああああ……あうぅぅ……お義父さま、感じます」

慶子は腰をもどかしそうに揺すって、屹立を揉みしだいてくる。

いったん離して、もう一方の乳首に吸いつき、母乳をごくっ、ごくっと呑みながら、もう片方の乳房を揉み、乳首を強めにつまんで、圧迫しながらねじる。

慶子が乳首への強い圧迫で、性感が高まることを思い出していた。

「あんっ、あん、あんっ……」

慶子が心からの喘ぎをこぼし、上体をのけぞらせて、下腹部を擦りつけてくる。

祐一郎が乳首を吐き出して、両手で左右の乳暈から乳首をつまむと、ピューッと白い液体が噴き出して、祐一郎の顔面を打った。

「ああ、ゴメンなさい」

「いいんだよ。この上ない幸せだ。私は今、慶子の赤ちゃんであり、慶子の夫でもある。それがうれしいんだよ」

「ああ、お義父さま……」

慶子が腰をくねらせたので、あまりの快感に祐一郎は乳首を放す。

と、慶子が上体を立てて、後ろに両手を突いた。そして、腰を前に放り投げるようにつかいだした。

顔を持ちあげると、すらりとした足がＭ字に開き、その奥で蜜まみれの肉柱が出たり、入ったりしている姿がまともに見えた。

そして、慶子は上体をのけぞらせながら、腰を後ろに引き、前に突きだして、

「ぁあぁ、ああああ……いいいっ！」

切なげな声を絞り出す。

結合部分から見あげていくと、適度にくびれた腰がくねり動き、ゴム毬のように張りつめた乳房が揺れて、その上にのけぞった慶子の顔が見える。

柔らかく波打つ髪が頬にへばりつき、すっきりした眉を八の字に折って、慶子は苦痛とも悦びともつかない表情で、腰を振りたくる。

分身は根元からへし折られそうなほどに膣肉に揉み抜かれて、祐一郎は「うっ」と奥歯を食いしばる。

慶子の腰の動きが速く、大きくなり、濡れ溝を擦りつけながら、

「ぁあぁあ、お義父さま、イキそう……イキそうです」

そう訴えてくる。

「まだだ。まだイクな」

祐一郎は腹筋運動の要領で上体を持ちあげて、慶子の腰に手をまわし、動きを助けながら、乳房にしゃぶりついた。

チューチュー吸って、白濁液にまみれた乳首を舐め転がすと、

「ぁあああ、あああ……止まらない。止まらないの……ぁあああ、ああああああ、ぁあああぅぅぅ……いやぁああ、イクっ……くっ！」

慶子は祐一郎の上でピーンと背中を伸ばし、それから、がくがくっと震えながら、祐一郎にしがみついてくる。

慶子に気を遣らせた悦びを感じながら、祐一郎は背中に手を添えたまま、女体をそっと後ろに倒した。

足を開いて座っている祐一郎の足の間に慶子は仰向けになり、はあはあはあと息を弾ませている。お椀のような乳房が呼吸とともに波打っているのが見える。

このとき、祐一郎は完全に若い頃の自分を取り戻していた。

三十代のときのもっともセックスが強かった頃に戻ったような気がしていた。

祐一郎はその姿勢で腰を浮かせるようにして、かるくジャブを放つ。すると、屹立が膣肉を浅く突いて、

「あんっ、あんっ、あんっ……」

慶子が乳房を揺らせながら、喘ぎをスタッカートさせて、手の甲を口に持っていき、声を押し殺して喘ぐ。

（俺はもっとできる。慶子さんをもっともっと悦ばせることができる！）

体のなかで熱気が渦を巻いて、パワーが漲ってくる。

膝を抜いて、上体を立て、慶子の膝裏をつかんで押し広げた。

「ぁあんん……！」

膝をぐいと開かされて、慶子が手指を嚙んだ。

その悩ましい仕種を目にしながら、祐一郎は腰をつかう。

ぐっと前に体重をかけ、膝を腹にくっつくばかりに押しつけながら、上から打ち込み、途中でしゃくりあげる。すると、怒張が窮屈な壺の天井を擦りあげながら、奥に届いて、それを繰り返すうちに、慶子はもうどこに置いていいかわからないといった様子で、両手をバタバタと彷徨《さまよ》わせ、ついには両手で布団の縁をつかんだ。

「おお、慶子さん……気持ちいいか？」

祐一郎は夢中になって、腰を躍らせた。

蕩けたような肉路がまったりとからみつき、時々、ぎゅ、ぎゅっと強く締めつけてくる。

「あんっ、あんっ、あんっ……ぁあああ、気持ちいい……気持ちいい……お義父さまが好き。好きです！」

好きですと言って、慶子が顔を持ちあげて、祐一郎を見た。

その目は妖しく潤んでいた。どこか焦点の合わないぼぅと霞んだような目をしている。

「私もお前が好きだ。ずっと、ここにいてくれ。どこかにも行かないでくれ」

気持ちを伝える。

「はい……どこにも行きません。だから、わたしを、わたしをお義父さまの奥様にしてください」

慶子がさしせまった様子で言う。

「いいぞ。慶子は私の女房だ。そして、大輝は私の息子だ」

「ああ、うれしい……お義父さま、お義父さま……ああうぅぅ」

慶子が見ていられなくなったのだろう、顔をのけぞらせた。

今だとばかり、祐一郎は射精覚悟で打ち込んでいく。

膝の裏をつかむ指に力がこもった。強く打ちおろしていく。

「あっ、あっ、ぁあぁぁ……またイキます。お義父さまも一緒に……一緒に……」

「おおぅ、慶子さん……！」

祐一郎は渾身の力を込めて、えぐりたてていく。出そうだ。射精前のあの甘い陶酔感がどんどんひろがってきて、パチンと爆《は》ぜそうだ。

「ぁあああ、イキます……お義父さま、イッていいですか？」

「ああ、いいぞ。イッていいぞ。私も出す、出す……くうぅぅぅ！」

「ぁあああ、ちょうだい……今よ、ぁあああ、来るぅ……やぁあああぁぁぁぁぁぁ ぁぁぁ、くっ！」

慶子がのけぞりかえって、枕を後ろ手につかんだ。

（よし、今だ。そうら！　出すぞ、出すぞ！）

祐一郎は最後の力を振り絞って、深いところに届かせた。そのとき、あの瞬間が訪れた。

「うおおお――――！」

吼えながら、射精した。

これまでの人生で、最高だと思える射精だった。

放つ間、慶子はがくっがくっと裸身を震わせている。

すべてを出し切ると、膝を離して、がっくりと覆いかぶさっていく。はあはあとい う荒い息づかいがちっともおさまらない。

慶子が祐一郎を無言のまま静かに抱きしめてきた。

4

一週間後、祐一郎は慶子と大輝とともに夕食を摂っていた。

あれから、君塚拓海がアパートを出たい旨を伝えてきた。もちろん、原因は慶子と犯した禁断の情事である。

祐一郎は引き止めたが、君塚はこれ以上ここにいると、自分がおかしくなってしまうので、ここを出たいと言った。

祐一郎は二人のことを考えると、それがベストの方法だと考えて、君塚の退出を受け入れた。

そして、バタバタと引っ越しを決めた君塚は、昨日、アパートを出て行った。

不動産屋には伝えてあるから、やがて、101号室の住人は決まるだろう。

そのことは、慶子にも伝えてある。慶子は一瞬、不満げな顔をしたが、君塚の意志だからと伝えると納得したようだった。

今、慶子はベビー用の椅子に座った大輝に、離乳食をスプーンですくって与えている。スプーンを差し出すと、大輝がしゃぶりついて、もぐもぐと食べる。

「大輝もだいぶ、食事が摂れるようになったね」

感慨深さを感じて祐一郎が言うと、

「はい……最近は言葉も出るようになったので、お義父さまのことを、パパと呼ばせようかと」

慶子がにっこりする。

「パパか……うれしいけど、人がいるときに私をパパと呼んでしまったら、マズいだろう。余計な詮索をされそうだ」

「では、ジイジでいいんですか？」

「……しょうがないだろう。パパと呼べる人がいないのは、可哀相だけどね」

慶子が押し黙って、ぎゅっと唇を嚙みしめた。

「ああ、ゴメン。孝介を思い出させてしまったね」

「いいんです……お義父さまをパパと呼ばせたら、あとがたいへんですものね。でも、あれなんですよ。大輝があまりオッパイを呑んでくれなくなったから、胸が張ってしょうがないんです」

そう言って、慶子がじっと見つめてきた。

祐一郎はドキッとする。その何かを求めるような目に、今晩はお乳を吸ってください、とせがむような気持ちを感じ取ったからだ。

あの夜以降、大輝の寝つくタイミングが悪かったりして、慶子を抱いてやれなかった。

「そうか……じゃあ、今夜あたり……」

祐一郎が言うと、慶子は感情を押し殺して、静かにうなずいた。

食事が終わり、しばらくして、慶子は大輝をお風呂に入れ、その後、二階に連れていった。

リビングでテレビを眺めていると、慶子が戻ってきた。

さっき大輝を風呂に入れるときに、自分も風呂に入ったから、白いネグリジェを着ていた。ソファに腰をおろした慶子を見た途端にドキッとした。

白いネグリジェから、乳房のふくらみと頂上の突起が浮きだしている。間違いなくノーブラだろう。

慶子が膝を組んだ。そのとき、短い裾がめくれて、太腿の奥がちらりと見えた。そこには黒いものがあった。ノーパンなのだ。

(そうか……慶子さん、待てないんだな)

下着をつけずに、この艶かしい姿でリビングに降りてきたことで、祐一郎はすべてを悟った。もう待てないのだ。今、欲しいのだ。

「大輝は寝たのかね？」

「はい……しばらくは起きないと思います」

「そうか……起きないか」

「はい……でも、時間が経てば、また起きるかもしれません」

慶子が念を押すように言った。

祐一郎は肘かけ椅子から立ちあがって、慶子の隣に腰をおろし、右手で肩を抱き寄せる。

「ああ……お義父さま、こんなところで……」

慶子にとっても、リビングでコトをはじめるのは想定外だったのだろう。

「大丈夫だよ。カーテンは閉まっているから、外からは見えない……前から、ここであなたとしたかったんだ。リビングだけじゃないぞ。慶子さんがキッチンに立っているときにもしたい。ダメか？」

「もう……お義父さまったら」

慶子が悪戯っぽい目で、祐一郎を上目づかいに見た。

「いやなら、しないが……」

「いやじゃないです」

「そうか……じゃあ、今度、裸にエプロンをつけてくれ」

「……恥ずかしいわ」

「そりゃあ、恥ずかしいさ。恥ずかしいからいいんじゃないか？」

「もう、お義父さまって……絶対に孝介さんより、エッチだわ」

「慶子さんを前にするとね、自分がどんどんスケベになってしまうんだ」

「もう……」

慶子が唇を寄せてきた。

祐一郎も下手なりに舌をからめていると、股間のものがジャージズボンを突きあげてきた。愚息が慶子との素晴らしいセックスを覚えていて、すぐにいきりたってしまう。

少し前までだったら、あり得なかった。自分は復活したのだ。慶子によって若さを取り戻したのだ。

慶子が手を股間におろしていき、ズボンとブリーフのなかにすべり込ませてきた。硬くなっているものをじかに握り、ゆったりとしごきながら、唇を合わせ、舌をねっとりとからめてくる。

（ああ、この人は最高の女だ……！）

慶子が唇を離して、ソファから降り、祐一郎の前にしゃがんだ。カーペットの上に白いネグリジェ姿で座り、祐一郎のジャージズボンとブリーフをつかんで引きおろして、足先から抜き取っていく。

「お義父さまのこれ、いつも元気ですね」

慶子がいきりたつものを握って、見あげてくる。

「ああ……慶子さんを前にするとね」

「うれしいです。何度も言いますけど、お義父さまがこの家にいらして、ほんとうによかった……孝介さんが亡くなったときは目の前が真っ暗になりました。でも、お義父さまが子供を産みなさいと言ってくださった。産んでからも、ここで育てなさいと……今はわたしの面倒まで見てくださって。お義父さまへの気持ちです」

そう言って、慶子が上から唇をかぶせてきた。

耳たぶほどの柔らかさの唇がゆったりとすべり動き、根元を握ってしごかれると、またあの信じられないほどの快感がせりあがってきた。

「ああ、慶子さん……あなたは最高の女だ。いや、私の嫁だ……おおぅ、気持ちいいぞ。最高だ。蕩けていくようだ」

気持ちを伝えると、慶子がちらりと見あげて、それから、手を離して、口だけで頬張ってくる。

ぐっと根元まで咥え込み、陰毛に唇を接した状態でしばらくじっとしていたが、やがて、また顔を打ち振る。

「おおぅ、気持ちいいぞ」

思わず訴えると、慶子がちゅぱっと肉棹を吐き出して、着ていたネグリジェの裾を持って、頭から抜き取った。

現れた見事な裸身に見とれていると、慶子がぐっと上体を屈めて、乳房を寄せてきた。

そして、左右のたわわなふくらみで、いきりたつ肉柱を包み込んできた。

パイズリである。

(ああ、こんなことまでしてくれるのか！　慶子のためなら、何だってしてやるからな！)

そう思ったとき、慶子が左右の乳房を揺すりはじめた。

たわわなミルクタンクが波打って、柔らかすぎる肉層が分身にまとわりついてくる。

慶子が両側から双乳を押さえて、交互に上下動させるので、その真ん中で肉棹がうれしい悲鳴をあげ、そして、豊かな乳房の海原で溺れかけている。

「ぁああ、恥ずかしいわ……初めてするんですよ」

慶子が耳の裏を真っ赤に染めて、言う。

「そうか……孝介に悪いな」

「孝介さんはもういませんから」

そう言って、慶子が乳首を内側に向けると、米のとぎ汁に似た母乳があふれて、それが肉柱を白く染めていく。

ミルクが潤滑剤代わりになって、ぬるぬるとした感触が高まり、

「ああ、気持ちいいぞ」

祐一郎が訴えると、

「よかった。お義父さまに悦んでもらえて、幸せです」

顔をあげて言って、また慶子は乳房を擦りつけてくる。

(悪いな、孝介……お前の嫁にこんなことをさせて。あの世に逝ったら、きっとお前に殴られるだろうな……。だけど、もう慶子さんは手放せないんだ。この悦びも……おおぅぅ！)

パイズリの快楽に天井を仰いだ。

そのとき、また、慶子が頬張ってきた。

母乳で濡れた分身を柔らかな唇でしごかれる悦びに、祐一郎は身を任せる。

「んっ、んっ、んっ……」

リズミカルに頬張られて、これまで体験したことのない快美感がひろがってきた。

痺れるような悦びに、祐一郎は天井を仰ぐ。

どんどん快感がひろがってくる。

(うおお、許せよ、孝介。お前の嫁をしばらく貸してもらうぞ。許せよ、俺を恨むなよ!)

祐一郎は目を瞑《つむ》って、うねりあがってくる悦びに身を任せた。

(了)

※本作品はフィクションです。
作品内の人名、地名、団体名等は
実在のものとは関係ありません。

長編小説

未亡人嫁《みぼうじんよめ》のしずく

霧原一輝《きりはらかずき》

2019年 2月25日　初版第一刷発行
2019年12月25日　初版第二刷発行

ブックデザイン…………………… 橋元浩明（sowhat.Inc.）

発行人…………………………………………… 後藤明信
発行所…………………………………… 株式会社竹書房
〒102-0072　東京都千代田区飯田橋2－7－3
電話　03-3264-1576（代表）
03-3234-6301（編集）
http://www.takeshobo.co.jp
印刷・製本……………………………… 凸版印刷株式会社

ISBN978-4-8019-1776-7　C0193